源远流长的中华谚语

本书编写组◎编

YUANYUAN LIUCHANG
DE ZHONGHUA YANYU

世界图书出版公司
广州·北京·上海·西安

图书在版编目（CIP）数据

源远流长的中华谚语／《源远流长的中华谚语》编
写组编 . — 广州：广东世界图书出版公司，2010. 4 （2024.2 重印）
　　ISBN 978 - 7 - 5100 - 2232 - 6

　　Ⅰ . ①源… Ⅱ . ①源… Ⅲ . ①汉语 - 谚语 - 青少年读
物 Ⅳ . ①H136. 3 - 49

　　中国版本图书馆 CIP 数据核字（2010）第 070734 号

书　　名	源远流长的中华谚语
	YUAN YUAN LIU CHANG DE ZHONG HUA YAN YU
编　　者	《源远流长的中华谚语》编写组
责任编辑	韩海霞
装帧设计	三棵树设计工作组
出版发行	世界图书出版有限公司　世界图书出版广东有限公司
地　　址	广州市海珠区新港西路大江冲 25 号
邮　　编	510300
电　　话	020-84452179
网　　址	http://www.gdst.com.cn
邮　　箱	wpc_gdst@163.com
经　　销	新华书店
印　　刷	唐山富达印务有限公司
开　　本	787mm×1092mm　1/16
印　　张	13
字　　数	160 千字
版　　次	2010 年 4 月第 1 版　2024 年 2 月第 9 次印刷
国际书号	ISBN　978-7-5100-2232-6
定　　价	49.80 元

前 言

　　谚语是社会生活的百科全书;谚语是人类经验的储存库。

　　在中国几千年的社会生活中,人民群众创造了大量的谚语,它们是人生经验的总结,闪耀着智慧之光,是我国语言宝库中的一份珍贵财富。

　　谚语是一种在民间广泛流传、人民群众口头交诵的通俗的固定语句。谚语是人民群众在长期的生产劳动和社会实践中,通过对身边的气候、农时、技工技法、人情世态、日常生活的研究与探索,经过不断创造丰富、修饰加工、润色提高总结出来的极富哲理又深入浅出、高度凝练、朗朗上口的文化瑰宝。

　　谚语的语句较固定,口语性强,通俗易懂。形式上一般都是短句,多数一句,少数两句或更多,有的还押韵,讲究对称,表达一个完整的意思;表现上采取直接陈述的方

1

式,类别繁多,内容丰富,涉及面广。在世代相传下,形成了语言凝练、和谐,表意精当、透辟等特点。

学习和阅读谚语时,往往可以从中领悟到一种做人的道理,体会到一种处世的态度。恰当地使用谚语能让我们的语言深入浅出,富有说服力;恰当地使用谚语能增强我们文章的表现力;恰当地使用谚语还能让我们显得幽默风趣。

本书所收集的谚语都加以注释,希望能揭示其所包含的生存智慧,给人以警醒、鞭策、鼓励、教育,使读者从中吸取丰富的养料。

编　者

目 录

源远流长的中华谚语

A

❉哀莫大于心死

　释义:心死,指心像死灰的灰烬。指最可悲哀的事,莫过
　　　于思想顽钝、麻木不仁。

❉挨金似金,挨玉似玉

　释义:比喻良好的环境会使人的言行变好。

❉挨着勤的没懒的

　释义:指和勤劳的人相处,自己也会变得勤劳起来。

❉矮檐之下出头难

　释义:出头,原指露出头部,转指从困境中解脱出来。比
　　　喻在受人压制的境况下,很难有出头的日子。

❉矮子里选将军

　释义:比喻在水平不高的人当中挑选相对突出的。

❉爱博而情不专

　释义:对人或事物的喜爱很广泛,而感情不能专一。

❉爱将如宝,视卒如草

　释义:比喻统帅爱惜将领而轻视士卒。

❉爱叫的麻雀不长肉

释义：比喻喜欢吹嘘的人，其实没有能耐。

❀爱叫的猫捉不到老鼠

释义：比喻光会说空话、大话的人是办不成事的。

❀爱则加诸膝，恶则坠诸渊

释义：加诸膝，放在膝盖上；坠诸渊，推进深渊里。意指不讲
　　　原则，感情用事，对别人的爱憎态度，全凭自己的好恶
　　　来决定。

❀爱在心里，狠在面皮

释义：指把爱藏在心里，表面上却显得很严厉。

❀爱之欲其生，恶之欲其死

释义：喜爱他时，总想叫他活着；讨厌他时，总想叫他死
　　　掉。指极度地凭个人爱憎对待人。

❀安于故俗，溺于旧闻

释义：俗，习俗。溺，沉溺，陷入。拘守于老习惯，局限于
　　　旧见闻。形容因循守旧，安于现状。

❀鞍不离马背，甲不离将身

释义：马不卸鞍，人不解甲。比喻处于高度警惕状态。

❀暗室亏心，神目如电

释义：意思是人即使在暗地里偷偷做了违背良心的事情，
　　　神灵的眼睛也能像闪电一样明亮看得很清楚。

B

✿八个金刚抬不动个礼字

　释义:指礼是人类一切活动的根本,是任何力量也无法动
　　　　摇的。形容无论任何事,都要讲礼。

✿八公山上,草木皆兵

　释义:八公山,在安徽淮西市西。将八公山上的草木,都
　　　　当作是士兵。形容极度惊恐,疑神疑鬼。

✿八仙过海,各显其能

　释义:八仙,道教传说中的八位神仙,分别指汉钟离、张果
　　　　老、韩湘子、铁拐李、吕洞宾、曹国舅、蓝采和、何仙
　　　　姑。他们各自显示了自己的高超法术渡过了东海。
　　　　比喻做事各有各的一套办法;也比喻各自拿出本领
　　　　互相比赛。

✿八字衙门朝南开,有理无钱莫进来

　释义:讽刺旧时官府腐败,评判官司输赢的依据是是否给
　　　　官府送钱行贿而不是是否有理。

✿八字没见一撇

　释义:比喻事情毫无眉目,未见端绪。

❀扒了东墙补西墙,结果还是住破房

　释义:做事没有计划,最后也不会成功。

❀拔根汗毛比腰粗

　释义:比喻富人拿出一点财产,就胜过穷人的全部家当。

❀拔了萝卜地皮宽

　释义:比喻为了行事方便而把碍眼的事物去掉;也比喻为
　　　　了扩展地盘而排挤别人。

❀拔了萝卜窟窿在

　释义:做了坏事,总会留有证据。

❀拔了毛的凤凰不如鸡

　释义:比喻有权有势的人一旦失势,连普通老百姓都不如。

❀拔苗不如挖根

　释义:除草就要连根一起除掉。比喻做事要抓住根本。

❀把舵的不慌,乘船的稳当

　释义:开船的人不慌张,乘船的人就坐得稳当。比喻领导
　　　　有计划、有能力,下属就会安心跟随。

❀白菜萝卜汤,益寿保健康

　释义:多吃白菜和萝卜,身体好。

❀白露前,快种麦

　释义:要赶在白露前种麦子,才有好收成。

✽白日莫闲过,青春难再回

　　释义:我们要珍惜时间,充实过好每一天。

✽白沙在涅,与之俱黑

　　释义:涅,黑土。白色的细沙混在黑土中,也会跟它一起
　　　　　变黑。比喻好的人或物处在污秽环境里,也会随着
　　　　　污秽环境而变坏。

✽白天多动,夜里少梦

　　释义:白天多劳动、多运动,夜晚就能睡得香甜。

✽百病从口入,百祸从口出

　　释义:生病是因为吃了不干净的食物,惹祸事是因为说了
　　　　　不该说的话。告诫我们要多做事少说话。

✽百尺竿头,更进一步

　　释义:比喻道行、造诣虽深,仍需修炼提高。比喻虽已达
　　　　　到很高的境地,但不能满足,还要进一步努力。

✽百花齐放,百家争鸣

　　释义:比喻艺术及科学的不同派别及风格自由发展与争论。

✽百金买骏马,千金买美人,万金买爵禄,何处买青春

　　释义:意思是说骏马、美人、爵禄都可以用金钱买到,只有
　　　　　人的青春,是再多钱也买不来的。指青春一去不复
　　　　　返,一定要珍惜青春。

源远流长的中华谚语

✿百里不同风,千里不同俗

　　释义:形容各地的风俗各不相同。

✿百炼才成钢

　　释义:好钢是经过上百次的历练才获得的。比喻人要经
　　　　过锻炼、磨炼才能成长。

✿百年光阴,如驹过隙

　　释义:一百年的时间一眨眼就过去了。形容时间流逝很
　　　　快,我们要珍惜每一天。

✿百人百姓,各人各性

　　释义:每个人都有自己特有的性格。

✿百岁光阴如过客

　　释义:批人生短暂,需要珍惜。

✿百闻不如一见

　　释义:闻,听见。听得再多,也不如亲眼见到一次。

✿百星不如一月

　　释义:一百颗星星发出的亮光不如一个月亮发出的光明
　　　　亮。比喻量多不如质优。

✿百行孝为先

　　释义:在众多品行中,孝顺父母是最重要的。

✿百姓齐,泰山移

释义:人民齐心协力连泰山也能移动。形容人民的力量
　　　是无穷大的。

✿百样米养百样人

释义:人生活的条件和环境不同,形成的思想和性格也就
　　　有所差异。

✿百足之虫,死而不僵

释义:百足,虫名,又名马陆或马蚿,有十二环节,切断后
　　　仍能蠕动。比喻势家豪族,虽已衰败,但因势力大、
　　　基础厚,还不致完全破产。

✿败兵之将,不敢言勇

释义:指打了败仗的将领,不敢对人讲自己的英勇。泛指
　　　人受了挫折之后容易失去信心。

✿败事有余,成事不足

释义:指非但办不好事情,反而常常把事情搞坏。

✿斑鸠叫来雨,喜鹊报天晴

释义:听见斑鸠叫说明要下雨了,比喻有不好的事情发生。
　　　听见喜鹊叫说明天要转晴了,比喻有好事要发生。

✿搬起石头打自己的脚

释义:比喻本来想害别人,结果害了自己,自食其果。

✿搬山填海,只要齐心

释义:只要大家齐心,都能搬山把大海填平。比喻团结力
　　量大。

✿办法好不好,通过实践就知道

释义:实践出真知,只有通过实践才能证明一切。

✿办事要上见得官,下见得民

释义:比喻做事要做服务于民的好事。

✿办事要扎实,说话要谨慎

释义:形容人要少说虚伪的话,多做实事。

✿半部论语治天下

释义:旧时用来强调学习儒家经典的重要。

✿半路上杀出个程咬金

释义:程咬金,初唐大将,戏曲小说把他塑造成一个憨直
　　莽撞的人物。比喻中途出现了意料之外的人或物。

✿半年辛苦半年粮

释义:指辛苦劳动半年就能收获半年的粮食。形容只有
　　付出相应的努力才能获得相应的回报。

✿半瓶醋,好晃荡

释义:比喻没有真才实学的人喜欢四处招摇。

✿半夜说起五更走,天亮还在大门口

释义:形容人拖沓,不利落。

❀伴君如伴虎

　　释义:指陪伴君王就像陪伴老虎一样,随时都会有杀身之

　　　　祸。指君王喜怒无常。

❀绊三跤,方知天高地厚

　　释义:指吃过亏,受过教训,才知道轻重,做事才知道分寸。

❀邦以民为本

　　释义:古代儒家民本思想的一种反映,认为万民百姓是国

　　　　家的根本。治国应以安民、得民作为根本。

❀帮人帮到底,救人救个活

　　释义:意思是说救助别人要救助到别人真正摆脱困境。

❀帮人一口,不如帮人一手

　　释义:指用嘴说帮助别人,不如用实际行动帮助别人。

❀帮助别人的,能得到别人的帮助

　　释义:在别人需要帮助的时候伸出援手,在自己困难的时

　　　　候就会得到别人的帮助。

❀傍晚羊恋坡,来日雨滂沱

　　释义:傍晚的时候羊儿不想回家,说明第二天会有大雨。

❀棒打鸳鸯两分离

　　释义:比喻夫妻或有情人被强迫拆散。

❀棒头生孝子,娇惯养逆儿

释义:棒头,用棒头进行体罚,形容管教严厉。逆儿,逆子,忤逆不孝的子女。意思是说严厉管教才能出孝子,娇生惯养只能养出忤逆不孝的子女。

✿包子有肉不在褶上

释义:比喻人的钱财或才能的优点不露在表面上。告诫人们看事物要重视本质,不要只图外表。

✿饱汉不知饿汉饥

释义:比喻处境好的人,不能理解别人的苦衷。

✿饱暖生闲事,饥寒发盗心

释义:形容穷困容易使人产生邪恶的思想。

✿饱人不知饿人饥

释义:比喻处境优越的人体会不到处境困难的人的苦衷。

✿宝刀不磨要生锈,人不学习要落后

释义:人要不断地学习,只有这样才能不断地进步。

✿宝剑锋从磨砺出,梅花香自苦寒来

释义:比喻人要获得成功,必须经过磨炼。

✿宝剑赠予烈士,红粉送予佳人

释义:烈士,有志于建功立业的壮士。佳人,美女。指物品只有被与其相称的人拥有才能发挥最大的作用。

✿宝石的光彩,灰尘蒙不住

释义:比喻真正有才能的人,他的能力是不会被埋没的。

✿宝石在石堆里,智慧在群众中

　释义:形容大家的智慧是无穷大的,人多智慧也就多了。

✿背得烂熟,还不等于掌握知识

　释义:形容知识不能靠死背,要懂得灵活运用,把知识变

　　　成自己掌握。

✿背后的话,不听也罢

　释义:比喻不敢当面说的话不是好话,不听也可以。

✿背阴地里施热肥,背阳地里施阴肥

　释义:形容具体问题具体分析,按实际情况办事。

✿被蛇咬过的人,害怕彩色带子

　释义:比喻受过一次挫折之后,就变得胆小怕事。

✿被窝里不见了针,不是婆婆就是孙

　释义:比喻内部发生事故,必定是内部的人所做。

✿本不去,利不来

　释义:比喻不花本钱不下苦功去做事也不会获得回报。

✿笨鸟先飞

　释义:比喻技能差的人,做事情时比别人先走一步,以免

　　　落后。

✿笨人自有笨福

释义:笨拙的人老实,不要小手段,所以往往会有好结果。

✿ 比上不足,比下有余

　　释义:赶不上前面的,却超过了后面的。这是满足现状,
　　　　不努力进取的人安慰自己的话;有时也用来劝人要
　　　　知足。

✿ 毕其功于一役

　　释义:把应该分成几步做的事一次做完。

✿ 闭门家中坐,祸从天上来

　　释义:形容你不去招惹祸端,祸也会招惹到你。比喻自己
　　　　倒霉。

✿ 避虎逃下山,避蛇跑转弯

　　释义:逃避老虎要往山下跑,逃避蛇要弯曲着跑。比喻具
　　　　体问题具体分析。

✿ 避其锐气,击其惰归

　　释义:总是避开敌人初来时的气势,等敌人疲惫时再狠狠
　　　　打击。比喻做事要抓住时机。

✿ 边学边问,才有学问

　　释义:学习知识,不懂就要多问,这样才能掌握知识。

✿ 鞭长不及马腹

　　释义:指鞭子虽然很长,但是不应该打到马肚上。比喻力

量再大也有达不到的地方。

✿鞭打出孝子,娇养无义郎

　　释义:严厉的管教才能养出孝顺子孙,娇宠孩子只会养出

　　　　叛逆的子孙。

✿遍地是黄金,单等勤劳人

　　释义:比喻勤劳有付出的人,才能获得回报。

✿遍地是黄金,一分本事一分银

　　释义:比喻有多少才能就能收获多少成功。

✿表壮不如里壮

　　释义:外表好看,不如里面结实。比喻妻子能够治家,就

　　　　是丈夫的好帮手。

✿别看人的容,看人的心灵

　　释义:形容人的容貌不是最重要,心灵的美丽才更重要。

　　　　我们要重视人的心灵美。

✿别人的金屋银屋,不如自己的穷屋

　　释义:不要羡慕别人的钱财,只有靠自己劳动换来的,哪

　　　　怕是穷屋,住起来也会舒服自在。

✿别人的缺点是自己的镜子

　　释义:看到别人的缺点时要反省自己。

✿冰冻三尺,非一日之寒

释义:比喻一种情况的形成,是经过长时间的积累、酝酿的。

❀冰炭不言,冷热自明

释义:比喻内心的诚意不用表白,必然表现在行动上。

❀兵败如山倒

释义:兵,军队。形容军队溃败就像山倒塌一样,一败涂地、不可收拾。

❀兵不离岗,帅不离位

释义:指各自应忠于职守,不能撤离岗位。

❀兵不厌诈,将贵知机

释义:指用兵作战可以用欺诈的手段来迷惑敌方,指挥作战的将领贵在及时掌握有利的战机。

❀兵到战时方知穷,书到用时方嫌少

释义:形容在用兵作战时才知道士兵稀少,在做学问时才知道掌握的知识有限。比喻平时要有储备积累。

❀兵糊涂一个,将糊涂一群

释义:士兵不懂排兵布阵只影响个人,将领不懂排兵布阵则会影响整个军队。指选将领要选有才能的。

❀兵来将挡,水来土掩

释义:指根据具体情况,采取灵活的对付办法。

❀兵马未动,粮草先行

释义:指出兵之前,先准备好粮食和草料。比喻在做某件

事情之前,提前做好准备工作。

✿兵松松一个,将松松一窝

释义:松,松懈。个别战士松懈只影响个人,将领松懈则

会影响整个军队。指对将领应该严格要求。

✿兵随将令草随风

释义:意思是说士兵服从将领的命令就像草随风而动一

样。指军令如山,每个士兵都要严格服从。

✿兵随将转,将逐符行

释义:士兵随着将令行动,将军凭着兵符行事。

✿病从口入,祸从口出

释义:意思是说病常常是因为饮食不讲卫生引起的,招致

灾祸往往是由于说话不谨慎造成的。所以,预防疾

病要注意饮食卫生,避免灾祸要注意说话谨慎。

✿病来如山倒,病去如抽丝

释义:指病情发作,像山崩一样迅猛;病情好转,却像春蚕

吐丝一般迟缓。形容病来得快,好得慢。

✿薄地怕勤汉,肥地怕懒蛋

释义:平脊的土地只要是勤劳的人也会有收成,肥沃的土

地是懒汉耕种也会颗粒无收。比喻不管环境再恶

劣,只要自己勤奋都能有所收获。

❈不播种就不会有收获

　　释义:人不努力就不能获得成功。

❈不吃饭则饥,不读书则愚

　　释义:指人不吃饭就会感到饥饿,不读书就会变得愚昧无知。

❈不吃苦中苦,难得人上人

　　释义:不能吃苦的人,也就成就不了功名。

❈不抽烟,少饮酒,活到九十九

　　释义:指人不抽烟适量喝酒,对人身体有好处。

❈不到异乡看看,不知故乡的美丽

　　释义:哪美也比不上家乡美。

❈不吃苦中苦,难得甜上甜

　　释义:没有经过困苦,也不会尝到成功的喜悦。

❈不登高山,不见平地;不经锻炼,不会坚强

　　释义:比喻人要经营锻炼,磨炼才会成长懂事。

❈不登高山,不知天高;不临深谷,不知地厚

　　释义:告诫我们要谦虚做人,虚心请教。

❈不懂二十四节气,白把种子撒下地

　　释义:指种庄稼要懂得看节气,不然只有费白功。

❈不干己事不张口,一问摇头三不知

释义:与自己无关的事不说,即使被问起也推说不知道。形容为人世故、圆滑,明哲保身。

✿不管黑猫白猫,捉住老鼠就是好猫

释义:比喻无论是谁或采用什么方法,只要能把事情办好就行。

✿不管闲事终无事

释义:不去管与自己无关的事,就不会招惹麻烦。

✿不管自己头上雪,只管他人瓦上霜

释义:比喻多管闲事。

✿不光彩的收入不如光彩的支出

释义:赚钱要用正确的方法从正当的渠道取得。

✿不好的书使无知更无知

释义:没有营养的书籍会使人变得更无知。

✿不会撑船赖河弯

释义:形容没本事却埋怨客观条件不好。

✿不见高山,不现平地

释义:指人或事物之间只有通过比较,才能显出优劣来。

✿不经冬寒,不知春暖

释义:只有经历了冬天的寒冷,才能切实体会出春暖的舒服。

✿不经风雪寒,哪来满园春

释义:没有经历冬天的严寒,园中的百花不会开。比喻不经历辛苦,不会得到回报。

✽不经一事,不长一智

释义:智,智慧,见识。不经历一件事情,就不能增长对那件事情的见识。

✽不看家中宝,但看门前草

释义:草,收割脱粒后的稻、麦等的茎叶,用做燃料或饲料。指只要看看房前草堆的大小就能断定农家的贫富。

✽不看人亲不亲,要看理顺不顺

释义:做事不靠关系,要看道理。

✽不可全信,不可不信

释义:指对别人的话不可以全部都相信,也不可以全部都不信。告诫我们听别人的话还要加上自己的判断。

✽不理家务事,不知生活难

释义:比喻没有亲身实践,不会体会事情的难易。

✽不磨不炼,不成好汉

释义:指只有经过磨炼,人才会成长。

✽不能正己,焉能化人

释义:正己,端正自己的言行。焉,怎么,用于反问。化,教化。意思是说自己的言行不端正,怎能去教化他人呢？指先要端正自己,才能去教育他人。

✿不怕百事不顺,就怕灰心丧气

　　释义:指不怕事情不顺利,就怕自己失去信心。比喻无论

　　　　做什么事都要对自己有信心。

✿不怕别人瞧不起,就怕自己不争气。

　　释义:比喻人要自强、自信、自立。

✿不怕不识货,就怕货比货

　　释义:货物质量的好坏只能通过比较才能显现出来。泛

　　　　指事物之间只有通过比较,才能发现差距。

✿不怕读书难,只怕心不专

　　释义:专心用功的读书,就不怕书难读。

✿不怕红脸关公,就怕抿嘴菩萨

　　释义:关公,俗称关羽,三国时蜀汉大将。抿嘴,形容微笑

　　　　的样子。意思是像关羽那样性格刚直的人容易对

　　　　付,假装慈悲貌似抿嘴菩萨的人最难对付。

✿不怕虎狼当面坐,只怕人前两面刀

　　释义:指不怕敌人正面刁难,就怕敌人在背后搞阴谋。

✿不怕虎生三只口,只怕人怀两样心

　　释义:指不论敌人多厉害或困难有多大都不可怕,怕的是

　　　　人心不齐,内部不团结。

✿不怕困难能成事,惧怕困难事难成

　　释义:比喻只有不怕困难险阻,积极进取,才能达到目标。

✿不怕路远,就怕志短

　　释义:不怕路途遥远,就怕志向不够远大。指只要意志坚
　　　　定就能实现自己的奋斗目标。

✿不怕明处枪和棍,只怕阴阳两面刀

　　释义:指明处的侵害容易提防;要两面三刀的防不胜防。
　　　　告诫人们要注意提防搞阴谋诡计的人。

✿不怕脑子笨,就怕懒得问

　　释义:学知识要懂得不懂就问,才能学习更多的知识。

✿不怕年灾,就怕连灾

　　释义:指一年的灾害并不可怕,可怕的是接连几年都发生
　　　　灾害。

✿不怕起点底,就怕不到底

　　释义:只有坚持不懈,才能获得最后的成功。

✿不怕千日密,只怕一时疏

　　释义:只要一时的疏忽,就算平时再严密也会导致错误。

✿不怕人不敬,就怕己不正

　　释义:只有自己严格要求自己,才能获得别人的尊敬。

✿不怕人穷,就怕志短

释义:只有志向短小,没有远见的人才会一直穷困。

✿不怕天寒地动,就怕手脚不动

释义:只有辛勤劳作,才有饭吃。

✿不怕学不会,就怕不肯钻

释义:指世上无难事,只要用心钻研,都能学会。

✿不学无术目光短,勤奋好学前程远

释义:指没有学问、缺乏能力的人目光短浅,勤奋读书、好
学上进的人前程远大。

✿不气不愁,能活白头

释义:人要保持乐观的心态、开心的心情,就会长寿。

✿不轻诺,诺必果

释义:不要轻易答应别人,如果答应了,就一定要做到。

✿不求有功,但求无过

释义:不要求立功,只希望没有错误。

✿不入虎穴,焉得虎子

释义:焉,怎么。不进老虎窝,怎能捉到小老虎。比喻不
亲历险境就不能获得成功。

✿不塞不流,不止不行

释义:指对佛教、道教如不阻塞,儒家学说就不能推行。
比喻只有破除旧的、错误的东西,才能建立新的、正

确的东西。

✿不善跳舞,莫怪地滑

释义:自己技艺不精,不要怪客观条件差。比喻做错事要
从自己身上找原因。

✿不施万丈深潭计,怎得骊龙颌下珠

释义:骊龙,古代传说居住在深潭中黑龙。比喻不用很深
的计谋,就不能取得重大成果。

✿不是把式不出乡,不是肥土不栽秧

释义:把式,武术,这里指有技术的人。比喻只有学到了
真本领才出门做事。

✿不是撑船手,休来弄竹竿

释义:比喻不是这方面的行家,就不要做这方面的事。

✿不是弄潮人,休入洪波里

释义:比喻没有本领的人,不能身入险境或承担重任。

✿不是一番寒彻骨,怎得梅花扑鼻香

释义:指不经过一番艰难险阻,就不会获得美满的结果。
比喻做事不经过一番努力,是不会获得成功的。

✿不挑担子不知重,不走长路不知远

释义:实践出真知。没有经过自己的实际操作不会知道
事情难做。

✿不同浪搏斗,就别想捉到大鱼

　　释义:没有经过艰苦奋斗,是不会得到自己想要的结果。

✿不为良相,当为良医

　　释义:相,宰相。不能做一个好宰相,也应该做一个好医
　　　　生。指人生在世,应该济世利民。

✿不信耳朵听流言,相信眼睛看实践

　　释义:耳朵听见的不要相信,要相信自己亲眼看到的。

✿不行春风,难得秋雨

　　释义:形容假如事先不能给予别人恩惠,就很难从别人那
　　　　里得到好处。

✿不学蜗牛爬,要学千里马

　　释义:要让好的人作为学习的榜样。

✿不学杨柳随风摆,要学青松立山冈

　　释义:做人要学青松一样稳重挺立。

✿不要把善良看作愚,不要把谦虚当成懦弱

　　释义:要学习善良和谦虚。

✿不要胆小如鹤,要学鸿雁之志

　　释义:做事不能胆小畏缩不前,要有远大的志向。

✿不要气,不要恼,气气恼恼人易老。

　　释义:指容易生气,容易烦恼的人更容易衰老。

✿不要因不知道而害臊,要因不学习而害臊

　　释义:指人要因为愚昧无知而感到不好意思;不知道而勇
　　　　于学习没有什么不好意思的。

✿不依规矩不能成方圆

　　释义:规,画圆形的工具。矩,画方形或直角的曲尺。指
　　　　不用规和矩就画不成圆形和方形;指做事情要遵守
　　　　一定的法则,才能做好。

✿不以一眚掩大德

　　释义:以,因;眚,过失,错误;掩,遮蔽,遮盖;德,德行。不
　　　　因为一个人有个别的错误而抹杀他的大功绩。

✿不义而富且贵,于我如浮云

　　释义:对用不仁不义的手段获取的富贵,我看得像浮云一
　　　　样轻淡。

✿不义之财不可取,无义之人不可交

　　释义:指不明来历的钱不可以拿,不可以交没有意气的朋友。
　　　　形容钱财要取得正当,朋友要交品格高尚的人。

✿不用当风立,有麝自然香

　　释义:是麝香自然香气四溢不必借助风力。比喻有才干
　　　　的人不需要显露,自然会受到人们的敬重。

✿不在被中眠,安知被无边

释义：比喻不身临其境，就不会知道其中的真实情况。

✲不在其位，不谋其政

释义：不担任这个职务，就不去过问这个职务范围内的事情。

✲不蒸馒头也要蒸口气

释义：蒸，争的谐音。比喻即使达不到目的，也要奋发努力。

✲不种今年竹，哪有来年笋

释义：第一年没有种竹子，第二年也就不会有竹笋吃。比喻不劳作就没有收获。

✲不专心不成事，不虚心不知事

释义：指只有专心才能使事情成功，只有虚心讨教才能获得知识。

✲不自满者受益，不自是者博闻

释义：指谦虚的人会获得好处，不自为是的人才能获得知识。

✲不做，手笨；不走，脚笨；不说，嘴笨；不思，脑笨。

释义：指人必须多做事、多思考，这样，才能灵活聪明。

✲不做中人不做保，一世无烦恼

释义：指不当中间人、担保人，就可以一生避免麻烦。

✲布用钱缝，木用胶粘，心用诚连

释义：比喻人与人相处要用真心。

C

✿**才高必狂,艺高必做**

　　释义:指有才华的人必定狂妄,技艺高超的人必定傲慢。

✿**才华如快刀,勤奋是磨石**

　　释义:只有勤奋努力,才能练就一身好本领。

✿**财大招祸,树大招风**

　　释义:有钱财的人容易招到祸害,告诫我们财不外露。

✿**财为催命鬼,色是杀人刀**

　　释义:指贪财、好色都将招致杀身之祸。

✿**参天大树从种子开始**

　　释义:指做事要从基层做起,成功是靠一点一滴累积起来的。

✿**残花没人戴,自夸没人爱**

　　释义:指爱自己夸自己的人是没有真本事、虚伪的人,也
　　　　　没有人会喜欢他。

✿**蚕丝作茧,自缚其身**

　　释义:比喻自己做的事情反而使自己受困,自作自受。

✿**苍天不负有心人**

　　释义:有努力的人最终会获得成功。

✽苍蝇不钻那没缝的蛋

　　释义:比喻出了问题,往往是由于自身有毛病。

✽草怕严霜霜怕日,恶人自有恶人磨

　　释义:比喻一物降一物。

✽草入牛口,其命不久

　　释义:比喻处于必死境地,难以长久生存。

✽草上露珠瓦上霜,风里点灯不久长

　　释义:比喻时间过得快,要学会珍惜时间。

✽草是五谷病,不除苗送命

　　释义:指庄稼生病都是因为杂草没有除。

✽草字出了格,神仙认不得

　　释义:指字写得潦草不规范,连神仙也辨认不出。

✽恻隐之心,人皆有之

　　释义:恻隐,怜悯。人人都有同情、怜悯遭受苦难或不幸
　　　　者的心情。

✽插起招军旗,就有吃粮人

　　释义:招军,招募兵士。吃粮人,当兵的人。指把招军的旗
　　　　帜打起来,自然就有当兵的人。比喻有人召唤,就会
　　　　有人响应。

✽插秧过小满,做死无一碗

释义：指过了小满再插秧，就算再勤快也不会有收获。

❀茶水喝足，百病可除

释义：平时多喝茶水，可以保持身体健康。

❀差之毫厘，谬以千里

释义：开始时虽然相差很微小，结果会造成很大的错误。

❀拆东墙，补西墙

释义：比喻处境窘迫，以此补彼，难于应付。

❀柴多火焰高，人多声音大

释义：指人多聚集起来的力量就大，就像柴多烧起来火焰就高。

❀柴经不起百斧，人经不起百语

释义：比喻再坚强的人也会被流言飞语击垮。

❀柴米夫妻，酒肉朋友，盒儿亲戚

释义：指夫妻相处生活俭朴，朋友相聚讲究吃喝，亲戚往来离不开点心礼品。

❀搀要搀个瞎子，帮要帮个豁子

释义：比喻要在别人真正需要的时候给予帮助。

❀谗言败坏君子，冷箭射死忠臣

释义：谗言，诽谤别人没有根据的话。冷箭，阴谋诡计。指谗言会败坏君子的名誉，冷箭会害死忠臣。

✽谗言误国,妒妇乱家

释义:谗言,诽谤别人或挑拨离间的话。妒妇,嫉妒心强
的妇人。指谗言会耽误国家大事,妒妇会把家庭搅
得不和。

✽馋人做媒,痴人作保

释义:比喻找没用的人做事,事情也不会成功。

✽蝉翼为重,千钧为轻

释义:把蝉的翅膀看成是重的,三万斤的重量看成是轻
的。喻指是非颠倒,真伪混淆。

✽长安虽好,不是久恋之家

释义:长安,中国古都,在今陕西省西安市一带。指客居
他乡生活条件虽好,但不是长久居留之地。比喻繁
华美好之地不可久恋。

✽长江都有回头水,石头也有翻身日

释义:指只要努力,早晚都有翻身的一天。

✽长江后浪推前浪,一辈新人赶旧人

释义:比喻事物的不断前进。多指新人新事代替旧人旧事。

✽长木匠短木匠,不长不短是石匠

释义:指不同的行业都有自己各自的特点。

✽长衫有人穿,长话无人听

释义:指我们说话做文章有时需要简短。

✿**长袖善舞,多钱善贾**

释义:指做人圆滑世故,做商人就能赚大钱。

✿**常把一心行正道,自然天地不相亏**

释义:指品行端正的人,不会吃亏。

✿**常怀克己心,法度要谨守**

释义:指做人心中要时刻谨记尺度,不可以做越礼的事情。

✿**常将冷眼看螃蟹,看你横行得几时**

释义:比喻常用蔑视的眼光观察横行作恶的坏人,看着他末日的到来。

✿**常将有日思无日,莫待无时思有时**

释义:莫,不要。指有的时候要想到没有的时候,等到没有了才后悔就晚了。劝诫人平时就要注意节俭。

✿**常年有存粮,不怕闹饥荒**

释义:指家里时刻准备粮食,就不怕灾年没有饭吃。比喻事先做好准备,有突发状况时才有所防备。

✿**常说口里顺,常做手不笨**

释义:指常常练习,技艺才不会生疏。

✿**常在河边走,难免不湿鞋**

释义:比喻长期生活在恶劣的环境中,难免会沾染上这样或那样的恶习。

✿唱戏的凭嗓子,钉鞋的凭掌子

　释义:不同的人掌握的技巧不同,所做的工作也就不一样。

✿唱戏的三天不唱嘴生,打铁的三天不打手生

　释义:比喻学习不能中断,一中断就会生疏。

✿朝廷还有三门子穷亲戚

　释义:朝廷,指帝王。三,多。指再富有再尊贵的人家,也
　　　　会有穷亲戚。

✿炒豆大伙吃,炸锅一人担

　释义:比喻有好处大家享受,祸患由一人承担。

✿车到山前必有路

　释义:比喻事到临头自然会有解决的办法。也比喻只要
　　　　奋勇前进,任何困难都阻挡不了。常常用来鼓励人
　　　　在困难面前要坚定信心。

✿扯了龙袍也是死,打死太子也是死

　释义:比喻反正没有好的结果,就什么都不顾忌了。

✿扯直脚杆睡觉,打起精神做人

　释义:指做人要挺胸抬头,打起精神。

✿趁水和泥,趁火打铁

　释义:趁着机会做事情。指办事不要错过时机。

✿趁早动手拔芽,免得生根难拔

　　释义:比喻在麻烦出现前制止,不然麻烦大了就难以解决了。

✿撑死胆大的,饿死胆小的

　　释义:指胆大的人无所顾忌,敢于冒险,往往富有;胆小的
　　　　人做事谨慎,不敢越轨,反而受穷。

✿成材之树不用砍

　　释义:指有用的人要用心培养。

✿成大事者不修边幅

　　释义:边幅,布帛的边缘,指人的衣着。意思是说办大事的人
　　　　把精力放在事业上,没有心思去修饰自己的仪表。

✿成家犹如针挑土,败事犹如浪打沙

　　释义:比喻建立家业是十分困难的事,而败坏家业是十分
　　　　轻松的事。

✿成家之子,惜粪如金;败家之子,挥金如粪

　　释义:能成家立业的子孙,爱惜粪土如同黄金;败坏家业
　　　　的子孙,挥霍钱财如同粪土。形容有出息的子孙知
　　　　道节俭,没出息的子孙只知道浪费。

✿成立之难如登天,覆败之易如燎毛

　　释义:覆败,倾覆败亡。燎毛,毛发接近火而烧焦。成功
　　　　就像登天一样困难,倾覆败亡就像点燃毛发一样容

易。指创业艰难,毁业容易。

✿成人不自在,自在不成人

释义:人要有成就,必须刻苦努力,不可安逸自在。

✿成事不说,既往不咎

释义:指对已成的事实不再讨论,对已犯过的错误不再追究。

✿成事不足,败事有余

释义:不能把事情办好,反而把事情弄坏。多用来指斥办事拙劣或故意不让事情办成的人。

✿成也萧何,败也萧何

释义:萧何,汉高祖刘邦的丞相。成事由于萧何,败事也由于萧何。比喻事情的成功和失败都是由这一个人造成的。

✿成则为王,败则为寇

释义:旧指在争夺政权斗争中,成功了的就是合法的,称帝称王;失败了的就是非法的,被称为寇贼。含有成功者权势在手,无人敢责难,失败者却有口难辩的意思。

✿城门失火,殃及池鱼

释义:城门失火,大家都到护城河取水,水用完了,鱼也死了。比喻因受连累而遭到损失或祸害。

✽城填变绿海,除尘少公害

　　释义:指我们要植树造林,保护生态平衡。

✽乘兴而来,败兴而归

　　释义:兴,兴致,兴趣。趁着兴致来到,结果很扫兴的回去。

✽吃不愁来穿不愁,计划不周一世愁

　　释义:比喻做事要有详细的计划。

✽吃不穷,穿不穷,打算不到就受穷

　　释义:指过日子需要精打细算,没有计划的胡乱花钱,就
　　　　　要过穷日子。

✽吃不言,睡不语

　　释义:指吃饭的时候不要说话,专心吃东西。

✽吃葱吃蒜不吃姜

　　释义:姜,将的谐音,激将的意思。指不要轻易受到别人
　　　　　的激将。

✽吃得好,穿得好,不如两口子白头老。

　　释义:形容夫妻俩感情好比什么都重要。

✽吃得苦中苦,方为人上人

　　释义:指只有经受住各种艰难困苦的磨炼,才能出人头地。

✽吃得三斗醋,方做得宰相

　　释义:醋难吃,宰相也不易做。形容宰相肚量要宽宏,好

坏俱能容纳。

❀吃的是盐和米,讲的是情和理

　　释义:比喻凡事要讲究情和理。

❀吃饭不忘种谷人,饮水不忘掘井人

　　释义:指在享受别人的劳动成果时,不要忘记创造劳动成

　　　　果的人。

❀吃饭不知饥饱,睡觉不知颠倒

　　释义:比喻人糊里糊涂,不知道事理。

❀吃饭品滋味,听话听下音

　　释义:下音,背后。听人说话要注意领会话里的真实用

　　　　意,就像吃饭要品尝饭菜的味道一样。

❀吃饭要吃米,说话要说理

　　释义:比喻我们说话讲道理要像吃饭吃米一样平常。

❀吃饭要知牛马苦,穿衣应记养蚕人

　　释义:比喻我们要怀有感恩的心,珍惜粮食。

❀吃过黄连苦,方知蜜糖甜

　　释义:指经过艰苦,才知道幸福的滋味。

❀吃苦在前,享乐在后

　　释义:只有吃过苦才能换来美好的生活。

❀吃亏人常在

释义：愿意吃点亏的人，可以长久保持平安无事。

✿吃了河豚，百样无味

　　释义：河豚鱼肉鲜美无比。比喻干惯了优裕的差使，干其他事总觉不如意。

✿吃了人家的嘴软，拿了人家的手短

　　释义：意思是说吃了人家的东西，拿了人家的钱财，就要袒护人家，不能秉公办事。

✿吃了僧道一粒米，千载万代还不起

　　释义：吃了和尚、道士的一粒米，恩情就永远也偿还不完。形容和尚和道士都十分吝啬。

✿吃力不赚钱，赚钱不吃力

　　释义：指费力气的活赚不了大钱，赚大钱的活不费力。

✿吃哪行饭，说哪行话

　　释义：指从事什么行业就谈论什么行业的话题。

✿吃人的理短，拿人的理短

　　释义：指收了人家好处，就要处处护着人家。

✿吃人家的饭，看人家的脸；端人家的碗，受人家管

　　释义：意思是说生活上依附别人就要受到别人的约束和管制。

✿吃人一碗，服人使唤

释义:指受人雇用,听人驱遣,听人好处就要为人说话。

✽吃肉不长肉,只为多忧愁。

释义:指吃了好东西而不长肉是因为忧愁烦恼。

✽吃烧饼还要赔唾沫

释义:比喻要办成一件事总免不得花出一些本钱来。

✽吃食要讲味,说话要讲理

释义:指说话要凭良心,要说有事实的话,就像吃东西讲

究味道一样。

✽吃柿子专找软的捏

释义:比喻专挑软弱的人欺负。这是不好的行为。

✽吃水不忘挖井人

释义:告诫我们不要忘恩负义。

✽吃碗现成茶饭

释义:比喻得到一个不费心力的工作。

✽吃王莽饭,干刘秀事

释义:王莽篡汉,自立为帝;刘秀起兵将其推翻,称帝。比

喻吃里爬外。

✽吃乌饭,屙黑屎

释义:比喻吃谁的饭,给谁做事。

✽吃五谷杂粮,保不住不生病

释义:五谷,稻、黍、稷、麦、豆。杂粮,玉米、高粱、豆类等稻谷、麦子以外的粮食。指如果吃法不正确,即使吃粮食也会生病,所以说人难免生病。

✿吃小亏得大便宜

释义:指遇事忍让,虽一时似乎吃了点亏,但求身心安适,是最大的得益。

✿吃药不瞒郎中

释义:比喻做暗事不瞒行家。

✿吃药不如自调理

释义:调理,调护理。吃药有副作用,也会影响身体健康,不如自己平时多注意调养身体。意思是自我调理比吃药治病更重要。

✿吃一堑,长一智

释义:堑,壕沟,比喻困难、挫折。受一次挫折,增长一分见识。

✿吃硬不吃软

释义:好言好语不听从,态度一强硬,反使屈从了。形容人的外强中干,欺软怕硬。

✿吃鱼又嫌腥

释义:又想要,又嫌恶。比喻既想贪图便宜,又怕坏名声。

❀吃着碗里瞧着锅里

释义:比喻贪心不足。

❀吃着滋味,卖尽田地

释义:指因讲究吃喝而败了家。

❀吃纣王水土,说纣王无道

释义:纣王,商代末帝,暴君。比喻吃人家用人家,反过来
　　说人家不好。

❀吃着对门谢隔壁

释义:指吃了对门的东西,却向隔壁人家道谢。比喻做事
　　颠倒。

❀痴汉不让人,让人不痴汉

释义:痴汉,傻子。意思是对人忍让,见好就收,是一种聪
　　明的做法。

❀痴人面前不得说梦

释义:痴人不辨真假,梦中的事情也信以为真。比喻对浅
　　见窄识的人不能谈深奥的道理。

❀痴人畏妇,贤女敬夫

释义:呆傻的男人怕老婆,贤惠的妻子敬丈夫。

❀痴人自有痴福

释义:指傻乎乎的人却有傻福气。

✤痴心女子负心汉

　　释义:痴心,情意达到痴迷的程度。负心,背弃情爱。指
　　　　　在男女相爱过程中,女子多痴心,男子多负心。

✤池深一尺,城高一丈

　　释义:护城河挖得深,城墙就显得高。

✤尺蚓穿堤,能漂一邑

　　释义:蚯蚓虽小,但它把堤岸穿透了,就能把整个城市淹
　　　　　没。比喻不注意小的事故,就会引起大祸。

✤尺有尺用,寸有寸用

　　释义:比喻每个人都有用处,每个人都有自己的职责。

✤尺有所短,寸有所长

　　释义:短,不足;长,有余。比喻各有长处,也各有短处,彼
　　　　　此都有可取之处。

✤尺之森,必有节目

　　释义:节目,树干与枝条交接处为凶,纹理纠结而形为疙
　　　　　瘩的称目。像一尺短的木段上也有疙瘩。比喻凡
　　　　　事凡物都不可能一点缺憾都没有。

✤赤金难买赤子心

　　释义:再多的钱财也买不了浪子回头的决心。

✤虫蛀木断,水滴石穿

释义：虫可以把木头蛀断，水可以把石头滴穿。形容做事
　　　只要持之以恒，就会达到目的。

✽抽薪止沸，剪草除根

释义：防止水沸腾就要抽掉烧火的木头，除草就要连草根
　　　一起除掉。比喻从根本上解决问题。

✽仇人相见，分外眼红

释义：眼红：激怒的样子。仇敌碰在一起，彼此更加激怒。

✽仇人相见，分外眼明

释义：指当敌对的双方相逢时，彼此对对方都格外警觉和
　　　敏感。

✽愁人苦夜长，志士惜日短

释义：指有烦恼的人觉得每天的日子都很长，有志向的人
　　　觉得时间不够用。

✽愁也屋漏，不愁也屋漏

释义：麻烦事发生了，不管你烦不烦恼它也不会消失。比
　　　喻乐观生活。

✽丑妞家中宝

释义：指妻子貌丑，不招惹是非。

✽丑人就有丑人家，烂锅就有烂锅盖

释义：指每个人都有与他相适应的环境。

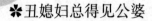

✿丑媳妇总得见公婆

　　释义:比喻隐藏不住,总要露相。

✿臭虫满墙爬,药罐手中拿

　　释义:指不爱卫生,就容易生病。

✿臭虫只夸它娃香,刺猬只夸它娃光

　　释义:指只知道羡慕他人,不知道满足。

✿臭虫招苍蝇

　　释义:比喻臭味相投的人。

✿出兵不由将

　　释义:指士兵冲杀上阵后,就由不得将领的管制和约束。

✿出得龙潭,又入虎穴

　　释义:比喻刚脱离一个险境,又陷入另一个险境。

✿出的门多,受的罪多

　　释义:指以前的经济不发达,交通、旅游设施落后,出门有
　　　　　很多不便。

✿出家容易归家难

　　释义:指因某种原因一时冲动而出了家,及至困难,后悔
　　　　　想还俗就不容易了。比喻做事应事先考虑周到,免
　　　　　得干到半途再想罢手就不容易了。

✿出了筐蓝入了筐

42

释义:比喻刚脱离牢笼又入圈套。形容灾难不断。

✿出笼的鸟儿难回,出口的话儿难收

释义:指说出口的话不容易收回。比喻说话要谨慎。

✿出卖风云雷雨

释义:比喻卖弄手段,做法舞弊。

✿出门看天气,进门看脸色

释义:出门的时候要看天气的好坏,进门的时候要看主人
的脸色。指要看人的脸色变通行事;也指受制于
人,做事要看人的脸色。

✿出气多,进气少

释义:指病人病得很重,奄奄一息。

✿出其不意,攻其不备

释义:原指出兵攻击对方不防备的地方。后亦指行动出
乎人的意料。

✿出头椽儿先朽烂

释义:椽儿,椽子,放在檩上架着屋面和瓦片的木条。比
喻爱出风头,或带头起事的人,往往最先遭殃。

✿出头容易缩头难

释义:比喻一旦参与某事,很难罢手不干。

✿出外一里,不如家里

释义:离家即使不远,也不如家里好。比喻出门在外总不
　　如在家里自在。

✻出外做客,不要露白

释义:露白,暴露钱财。指出门在外,钱财不要外露,以免
　　惹事招祸。

✻出在你口,入在人耳

释义:指你说的话,人家都有在听。告诫我们说话要谨慎
　　小心。

✻出淤泥而不染

释义:淤泥,水底的污泥;染,沾。生长在淤泥中,而不被
　　污泥所污染,依然保持纯洁的品格。

✻初嫁从亲,再嫁由身

释义:旧指女子首次出嫁由父母做主,以后再嫁就由自己
　　做主。

✻初浆的衣裳不用捶,美满的姻缘不用媒

释义:比喻两情相悦的人自然会走到一起。

✻初入芦苇,不知深浅

释义:芦苇茫茫一片,不常去的人一旦走入,很难辨别方
　　向。比喻初涉仕途,阅历不深。

✻初生牛犊不怕虎

释义:犊,小牛。刚生下来的小牛不怕老虎。比喻青年人
　　　思想上很少顾虑,敢作敢为,无所畏惧。

❀初一满天红,初二初三戴斗篷

释义:指初一傍晚有晚霞,说明初二初三都会连着下雨。

❀除虫没有巧,只有除虫早

释义:指除虫没有技巧,只有极早预防

❀除了灵山别有庙

释义:灵山,指佛教佛祖居处。指只要心诚,哪里的佛都
　　　一样。比喻要达到目的,不能拘泥于一种方法。

❀除了死法有活法,度过荒年有熟年

释义:比喻帮事既要循规蹈矩,又可灵活应用。

❀除十恶,长十善

释义:指除去一个坏人或消灭一桩坏事,好人好事便会涌
　　　现出来。

❀处颠者危,势丰者亏

释义:形容地位越高则更容易跌落,权势越大更容易丧失。

❀楚霸王的拳,不敌张子房的笑脸

释义:楚霸王,项羽,有勇;张子房,张良,有谋。指刚勇无谋
　　　的人,常蛰伏在表面和善但善于用心计的人手里。

❀处处留心皆学问

释义:告诫我们平时多观察环境、生活,可以学到很多东西。

✤楚王好细腰,宫中多饿死

释义:比喻上有所好,下面争相效仿以投其所好。

✤处处有路通长安

释义:比喻解决问题的办法有很多,也指问题终会得到解决。

✤穿衣戴帽,各有所长

释义:指各人有各人的爱好。

✤传来之言不可听

释义:谣传都不能相信。

✤传闻不如亲见

释义:听人传说总不如亲眼所见。

✤船不离舵,客不离货

释义:比喻做事不能没有本钱,不能缺少主要条件。

✤船不漏针,店不漏货

释义:造船必须严丝密缝,不能有一毫空隙;保管他人的货物
　　　不能有一件遗失。比喻异常严密,绝不会有疏失。

✤船不摇,水不浑

释义:比喻事出必有因。

✤船到江心补漏迟

释义:船到江心才补漏洞。比喻补救不及时,对事情毫无

帮助。

❀船到桥头自然直

　　释义:比喻事先不必多虑,到时候自有解决办法。

❀船家不打过河钱

　　释义:打,打发,推动。比喻不拒绝应属于自己的东西,受
　　　　之无愧。

❀船里不走针,瓮里不走鳖

　　释义:船里不会漏掉针,瓮里不会跑了鳖。比喻人在一定
　　　　的处境中,就是想跑也跑不到哪儿去。

❀船头相骂,船尾讲话

　　释义:形容夫妻无隔宿之仇,吵吵闹闹,片刻就和好。

❀船稳不怕风大,有理通行天下

　　释义:比喻有理走到哪也不会受到阻碍。

❀船在水里走,车在路上行

　　释义:比喻每件事都有自己的规矩,要按规矩办事。

❀船载万斤,掌舵一人

　　释义:指头领和关键人物的责任重大。

❀窗下莫言命,场中不论文

　　释义:窗下,指刻苦读书之处。指只管一心攻读,不要寄
　　　　希望于命运,因为那样会松懈读书的劲头;在考场

中不要计较文章谁高谁低,这里由主考官个人的意
愿来决定。

✽床头黄金尽,壮士无颜色

释义:比喻一旦手中没钱,再豪爽的人此时也没了豪情壮志。

✽床头千贯,不如日进一文

释义:以前的人钱财在都藏在床头箱里。指家虽有财富,坐
吃也要空的,不如每天有些收入,日子过得才长久。

✽创业百年,败家一天

释义:指创建家业十分艰难,败坏家业非常容易。

✽吹倒牛容易,实干难

释义:指说大话容易,真正动手干就很困难。

✽垂成之功,亏于一篑

释义:垂成,将近完成;亏,差。比喻眼看就要完成的事没
有继续下去而前功尽弃。

✽锤子吃钉子,钉子吃木头

释义:比喻一物降一物。

✽春风满面皆朋友,欲觅知音难上难

释义:指世上笑脸相迎的朋友很多,知心的朋友却难以找到。

✽春耕不好害一春,教儿不好害一生

释义:指春天不好好耕地,来年也不会有收成;不好好教育孩

子,就会害孩子一生。

✿春耕不肯忙,秋后脸饿黄

释义:春天的时候没有好好耕种,秋天的时候就没有收成。

✿春耕抓得早,地里杂草少

释义:指春天早早劳作,庄稼灾害也会变得少。

✿春华秋实,各有其时

释义:春天开花,秋天结果,都有一定的时候。

✿春来不下种,苗从何处生

释义:春天的时候没有劳作,秋天也就没有收获。比喻没有付出就没有收获。

✿春来多捉一个蛾,秋后多收谷一箩

释义:指春天的时候辛勤劳动,秋后的收获也会多一些。

✿春兰秋菊,各一时之秀

释义:春天的兰花,秋天的菊花,虽然生长的季节不同,但各有自己的美好时期。比喻物当其时,各擅其美。

✿春生夏长,秋收冬藏

释义:春天萌生,夏天滋长,秋天收获,冬天储藏,指农业生产的一般过程。亦比喻事物的发生、发展过程。

✿春天孩儿脸,说变就变。

释义:比喻春天天气变化无常。

❀春为花博士,酒是色媒人

　　释义:博士,古代专精某种技艺的人。意思是春天是催促
　　　　花开放的使者,酒是好色之徒的媒介。

❀春雨贵如油

　　释义:形容春天的雨水十分珍贵。

❀慈悲胜念千佛,作恶空烧万炷香

　　释义:指多做好事胜过空口念经,总做坏事烧香再多也消
　　　　不了罪过。

❀慈不主兵,义不主财

　　释义:心地善良的人不能掌管军队,讲究仁义的人不能掌
　　　　管钱财。

❀此处不留人,自有留人处

　　释义:指这里不可居留,自会有可居留的地方。

❀此地无银三百两

　　释义:比喻想要隐瞒掩饰,结果反而暴露。

❀此而可忍,孰不可忍

　　释义:这个如能容忍,还有什么不能容忍呢!

❀此风不可长

　　释义:这种风气不能让它滋长发展。

❀此一时彼一时

释义:指时间不同,情况亦异,不能相提并论。

❁泥头泥里陷

释义:把头钻入土里。比喻被屈沉埋没。

❁刺绣文不如倚市门

释义:比喻正正经经干事的人受穷;搞歪门邪道者反阔绰
富裕。

❁聪明反被聪明误

释义:自以为聪明反而被聪明耽误或妨害了。

❁聪明一世,糊涂一时

释义:指平时十分聪明的人也有糊涂的时候。

❁从空伸出拿云手,救出天罗地网人

释义:比喻想方设法将遭受厄难之人解救出来。

❁从前作过事,没兴一齐来

释义:没兴,倒霉。过去做过的坏事,倒霉的时候全都算
总账。

❁从善如登,从恶如崩

释义:从,顺随。顺随善良像登山一样,顺随恶行像山崩
一样。比喻学好很难,学坏极容易。

❁从头看到脚,风流往下跑;从脚看到头,风流往上流

释义:形容人生得俊俏,姿态柔美,怎么看怎么顺眼。

✿粗柳簸箕细柳斗,世上谁见男儿丑

　　释义:世上男子无所谓俊丑,指世上没有丑男子。

✿促织不吃虾蟆肉,都是一锹土上人

　　释义:促织,即蟋蟀;虾蟆,通常写作蛤蟆。两家都以土为

　　　　家。比喻由于身份相同而不应互相残害。

✿村看村,户看户,社员看干部

　　释义:指一般人互相比较,群众效法干部的样子行事;同时强

　　　　调了干部以身作则,起模范带头作用的重要性。

✿村人吃橄榄,不知回味

　　释义:比喻读书、做事,不去深刻体会理解,只是笼统去

　　　　做,对其中一些精微奥妙之处领略不到。

✿存十一于千百

　　释义:指亡多而存少。

✿寸铁入木,九牛难拔

　　释义:比喻一旦被谗言中伤,很难洗刷清楚。

✿寸烟泄穴,致灰千室

　　释义:比喻开始出现的一点小错误,不及时纠正,会造成

　　　　很大的危害。

✿搓得圆,捏得扁

　　释义:形容没有自主力,任凭他人摆布。

D

✿搭在篮里便是菜,捉在篮里便是蟹

释义:比喻所得虽非所求,也就将就凑合,无暇选择。

✿打不断的亲,骂不断的邻

释义:指与亲戚、邻居难免有矛盾,但也不会断绝往来。

✿打不住狐狸反惹一身骚

释义:比喻事情没办到,反而败坏了名声。

✿打出来的铁,炼出来的钢

释义:比喻意志坚强的人是在艰难困苦的斗争中磨炼出来的。

✿打当面鼓,不敲背后锣

释义:比喻有话当面说,不要背后议论。

✿打倒金刚赖到佛

释义:金刚,佛教护法神将。比喻出了事故责任由领导者来负;也比喻把事情往当家人身上一推了事。

✿打断骨头连着筋

释义:比喻人之间情深义重,即使有了矛盾,亲情也是割舍不断的。

✿打狗看主人

　　释义:比喻惩罚一个人时,要顾及与他人有关的人物。

✿打鼓弄琵琶,相逢是一家

　　释义:弄,演奏。打鼓的和弹琵琶的是同一行当,在一起
　　　　　能奏出美妙的乐曲,演完,仍各管各。比喻相聚时
　　　　　无比欢乐,不过是逢场作戏,过后仍分道扬镳。

✿打虎还得亲兄弟,上阵还需父子兵

　　释义:旧时认为只有父子兄弟在危急关头才能做到休戚
　　　　　与共。现在指办事要靠亲友或其他关系密切的人。

✿打开天窗说亮话

　　释义:比喻无须规避,公开说明。

✿打老鼠伤了玉瓶儿

　　释义:玉瓶儿,器物。比喻打击坏人,连带伤害了好人。

✿打了牙往自己肚子咽

　　释义:比喻吃了亏也不敢声张,只能暗自忍受。

✿打破砂锅问到底

　　释义:比喻追究事情的根底。

✿打墙板儿翻上下

　　释义:比喻世事反复,盛衰无常。

✿打人不过先下手

释义:打架时先动手者占便宜。

✽打人休打脸,骂人休揭短

释义:指和人发生矛盾时,切忌揭露对方隐讳的事,以免
伤及情面。

✽打人一拳,防人一脚

释义:指攻击对方时,要提防对方的反击。

✽打杀人偿命,骗杀佛偿命

释义:比喻对明目张胆的暴行,可以绳之以法;而用甜言
蜜语诱骗人上了当却可以逍遥法外。谓伪善之人
更具危险性,应倍加警惕。

✽打煞卖盐的,苦了作酱的

释义:煞,同"杀"。打死卖盐的人,使制作豆酱的人难堪。比
喻伤害了这个人,却牵连到另一个人无辜受到损失。

✽打蛇不死,自遗其害

释义:除恶必须务尽,否则反受其害。

✽打蛇打七寸

释义:比喻说话做事必须抓住主要环节。

✽打是疼,骂是爱

释义:意思是长辈严厉管教晚辈是出于疼爱,是想让晚辈
能学好,将来有所作为。

❋打是惜,骂是怜

　　释义:指父母打骂子女,目的希望他成才。

❋打死不离亲兄弟

　　释义:弟兄之间尽管有甚隔阂,毕竟是一母同胞,有事仍
　　　　　得帮助。

❋打死胆大的,吓死胆小的

　　释义:指惩治了胆敢出头露面的人,其他人就会害怕了。

❋打铁先要自身硬

　　释义:意思是想要去管制别人,首先自己要表现出色。

❋打兔的不嫌兔多,吃鱼的不怕鱼腥

　　释义:指只要是需要的东西,就不嫌多,也不嫌不好。

❋打鸭惊鸳鸯

　　释义:比喻打甲惊乙。也比喻株连无罪的人。

❋打鸭子上架

　　释义:比喻强迫去做能力做不到的事。

❋打着灯笼没处找

　　释义:指非常珍贵,得之不易。

❋打肿脸充胖子

　　释义:比喻宁可付出代价而硬充作了不起。

❋大不正则小不敬

释义:做长辈的行为不正派,小辈便不敬重他。

✿大才必有大用

释义:能力大的人定会担负重事。

✿大成之人,越夸越怕;小就之人,见夸就炸

释义:成就越大者越谦虚,怕人称赞;偶尔作出一点成绩
的人,一有人夸便趾高气扬。

✿大虫不吃伏肉

释义:比喻好汉不欺负已服软的人。

✿大虫恶杀不吃儿

释义:比喻最残忍的人也不会伤害亲生骨肉。

✿大虫口中夺脆骨

释义:比喻穷急无奈,不顾性命去冒险。

✿大处不算小处算

释义:指大的方面该算的不算,而鸡毛蒜皮的地方却斤斤
计较。

✿大船还怕钉眼漏

释义:比喻虽然是在小方面出问题,但也会影响到大局。

✿大船烂子还有三千个钉

释义:比喻做官的虽然下台仍有影响,或富家虽已破产仍
有余财。

❀大胆天下去得，小心寸步难行

释义：意为有胆量的人可以走遍天下办成大事，谨小慎微的人缩小缩脚一事无成。

❀大抵还他肌骨好，不搽红粉也风流

释义：指女人生就窈窕的形貌，不用梳妆打扮也自然姣好。

❀磊抵乾坤都一照，免教人在暗中行

释义：天之所以照明，为了世人不至迷悟。

❀大风吹倒梧桐树，自有旁人说短长

释义：比喻发生了一件令人瞩目的事情，定会有人议论。

❀大风里吊了下巴，嘴也赶不上

释义：比喻上顿不接下顿。也可比喻有东西吃时总是错过机会，赶不上趟。

❀大风先倒无根树

释义：比喻自身抵抗能力差的人容易得病先死。

❀大富由命，小富由勤

释义：大富大贵是由天命决定的，小康小富是靠个人勤劳获得的。

❀大海不禁漏卮

释义：海水再多，架不住漏斗不断地流失。

❀大海里翻了豆腐船，汤里来，水里去

释义:比喻怎么来的,仍怎么样回去。

❋大旱望云霓

释义:云霓,下雨的征兆。好像大旱的时候盼望寸水一
样。比喻渴望解除困境。

❋大海浮萍,也有相逢之日

释义:浮萍,浮生在水面的一种草本植物。比喻人总有相逢
的时候,常以劝慰人不要为亲人的离散过于伤心难过。

❋大海若知足,百川水倒流

释义:比喻人永远不会满足。

❋大寒须守火,无事不出门

释义:大寒,二十四节气之一,是一年中最寒冷的时候。
指在大寒的时候应当在家守着火炉,没有事情就不
要外出。

❋大河涨水小河满

释义:比喻大集体富了,小集体或个人也会富起来。

❋大奸似忠,大诈似信

释义:意谓奸佞狡诈的人,往往装出忠诚信实的样子。

❋大匠不为拙工改废绳墨

释义:手艺高明的工匠不会因要适合低拙工匠而改变自
己的做法。

✽大匠运斤,无斧凿痕

　　释义:比喻优美的文艺作品达到天然浑成的境界。

✽大路不平众人踩,情理不合众人抬

　　释义:对于不合情的事情,自有众人主持公道,予以评判。

✽大路通天,各走一边

　　释义:道路四通八达,各走各的,互不干扰。

✽大帽子铺,门面的活

　　释义:比喻听起来冠冕堂皇而实则是敷衍的话。

✽大拇指挠痒,随上随下

　　释义:比喻跟着人家屁股后面转,听喝。

✽大木将颠,非一绳所维

　　释义:比喻大势已去,不是一个人的力量能挽回的。

✽大难不死,必有后福

　　释义:指一个人如果大难临头还能活下来,日后必有大福
　　　　降临。

✽大能掩小,海纳百川

　　释义:掩,掩饰;纳,容纳;川,河流。比喻胸怀宽阔的人能容
　　　　忍别人小的过失,就像大海能容纳许多河流一样。

✽大鹏飞上梧桐树,自有旁人说短长

　　释义:比喻发生了件新鲜的事,总会有人说长论短。

❀大人不记小人过

　　释义:过,过错。意谓大人物心胸宽阔,不计较小人物的

　　　　过错。常用来宽恕别人或请求别人宽恕。

❀大厦将倾,非一木可支

　　释义:比喻国家危亡,不是一个人的力量所能挽救的。

❀大厦千间,不过身眠七尺

　　释义:七尺,指男子身体的长度。指房子再多,一个人睡

　　　　觉所占的地方也不过七尺。

❀大事不糊涂

　　释义:指在有关政治的是非问题上能坚持原则,态度鲜明。

❀大事化小,小事化无

　　释义:多指对错事,息事宁人。

❀大事瞒不了庄乡,小事昧不住邻居

　　释义:庄乡,同乡人。比喻乡亲邻里最了解情况。

❀大暑小暑,灌死老鼠

　　释义:大暑,二十四节气之一,在阴历 7 月 22、23 或 24

　　　　日;小暑,二十四节气之一,在阴历 7 月 6、7 或 8

　　　　日。意思是大暑和小暑是一年雨水最多的时节。

❀大树底下好乘凉

　　释义:比喻有所依托,事情就好办。

❀大树砍不倒,小草站不牢

　　释义:比喻意志坚定的人不怕摧残,意志薄弱的人经受不
　　　　住考验。

❀大树之下,草不沾霜

　　释义:比喻倚仗有权势者的庇护,可不受侵害。

❀大水冲了龙王庙,一家人不认得一家人

　　释义:比喻本是自己人,因不相识而相互发生了冲突争端。

❀大鱼吃小鱼,小鱼吃虾米

　　释义:比喻以大欺小,以强凌弱。

❀大丈夫能屈能伸

　　释义:指一个有胆识有才的人不光能够在顺境时勇敢猛
　　　　进,而且遇到逆境也是能够忍受挫折屈辱的。

❀大丈夫千金一诺,驷马难追

　　释义:比喻说话算数,绝不悔改。

❀大丈夫相时而动

　　释义:相时,察看时机。比喻有作为的人观察时机,依形
　　　　势采取相应的行动。

❀大丈夫一人做事一人当

　　释义:指有作为的人做事敢于承担责任,不牵连别人。

❀大丈夫志在四方

释义:形容男子应该有远大志向。

✿大智若愚,大巧若拙

释义:非常聪明的人看起来好像很愚昧,非常灵巧的人看起来好像很笨拙。指真正有才能的人从不自我炫耀。

✿大轴子裹小轴子,画里有画

释义:比喻话中有话。

✿呆里奸,直里弯

释义:指人外表憨厚率直,而内心多藏奸诈。

✿带着铃铛去做贼

释义:比喻要干隐秘的事而自己先声张出去。

✿丹之所藏者赤

释义:比喻交朋友必须谨慎选择。

✿单丝不成线,独木不成林

释义:一根丝绞不成线。比喻个人力量单薄,难把事情办成。

✿单则易折,众则难摧

释义:势孤力单,容易受人欺负;从多气壮,别人不敢欺侮。

✿耽误庄稼是一季,耽误了孩子是一代

释义:指教育后代非常重要,耽误了就会影响孩子的一生。

✿胆大得一半,胆小得一看

释义:胆子大的人分到利益,胆子小的只有望而兴叹。

✿但存方寸地,留与子孙耕

　　释义:把正直的心留给后代,胜过留下万顷家产。比喻为
　　　　人宽厚,有利后代。

✿但教方寸无诸恶,豺虎丛中也立身

　　释义:比喻只要持身正,心无邪念,即使在恶劣的环境中,
　　　　也能洁身自好。

✿但令毛羽在,何处不翻飞

　　释义:比喻只要身具技能,不愁无用武之处。

✿但添一斗,不添一口

　　释义:斗,容量单位,十升为一斗。意思是一次多吃一斗
　　　　粮不要紧,只要不增加一口人。指家里添一个长期
　　　　吃闲饭的人,负担要大大加重。

✿淡泊以明志,宁静以致远

　　释义:淡泊,恬淡寡欲;宁静,安宁恬静;致,达到。不追求
　　　　名利,生活俭朴以表现自己高尚的情趣;心情平稳
　　　　沉着,才可有所作为。

✿但行好事,莫问前程

　　释义:但,只;莫,不要;前程,前途,喻功名利禄。人生在世
　　　　应该多做有利于他人的好事,而不要考虑个人的利
　　　　害得失。

✿当断不断,反受其乱

释义:应当果断采取措施时而不及时采取,就会把事情搞
得更糟,反受其祸害。

✿当差的官面上看气,行船的看风势使篷

释义:手下人要看当官者的气色行事,像行船要看准风
向,事情既能顺利,又能讨好。

✿当家才知柴米价,养子方晓父娘恩

释义:当了家后才知道柴米的价钱,养育了子女后才体会
到父母的恩情。比喻只有亲身经历了某件事,才能
体会到它的艰难。

✿当局者迷,旁观者清

释义:当局者,下棋的人;旁观者,看棋的人。当事人被碰
到的事情搞糊涂了,旁观的人却看得很清楚。

✿当面笑呵呵,背后毒蛇窝

释义:比喻表面上热情可嘉,心底里有一肚子阴谋诡计。

✿当取不取,过后莫悔

释义:取,拿到手里。指有条件时不及时去取,失去时机
后就不要后悔。

✿当权若不行方便,如入空山空手回

释义:应该利用手中之权与人为善。比喻条件具备了不

利用,白白错过机会。

✤ 当着真人,不说假话

　　释义:真人,指通晓事理的人。意谓当着真人的面,要说
　　　　真话,不能说假话。

✤ 道不同,不相为谋

　　释义:比喻志趣不同的人不会在一起共事。

✤ 道高日尊,技精日劳

　　释义:道德高尚,人们日益尊敬;技艺精通,则更增加自身
　　　　的劳累。

✤ 道高一尺,魔高一丈

　　释义:原意是宗教家告诫修行的人要警惕外界的诱惑。后比
　　　　喻取得一定成就以后往往面临新的更大的困难。

✤ 道高益安,势高益危

　　释义:益,更加;势,权势。道德越高尚,为人处世好,就越
　　　　安全;权势越大,更容易滥用权力,刚愎自用,就越
　　　　危险。

✤ 道远知骥,世伪知贤

　　释义:骥,良马。路途遥远才可以辨别良马,世间的虚伪狡
　　　　诈才能鉴别贤才。比喻经过长久的磨炼,才能看出
　　　　人的优劣。

✿稻多打出米来,人多讲出理来

释义:指人多讲出来的道理就多,就像稻谷多打出来的米就多一样。

✿得宠思辱,居安思危

释义:指享受荣宠时不要忘记窘困的时候,处在安定环境中应想到有日可能发生的灾难。

✿得寸进寸,得尺进尺

释义:得一点进一点,指步步蚕食、进逼。

✿得道多助,失道寡助

释义:道,道义;寡,少。站在正义方面,会得到多数人的支持帮助;违背正义,必陷于孤立。

✿得放手时须放手,得饶人处且饶人

释义:得,能够;且,暂且。意思是能宽容时就要宽容,能饶恕人时暂且饶恕。指对人要宽容,不能苛刻。

✿得饶人处且饶人

释义:指做事不要做绝,须留有余地。

✿得人钱财,与人消灾

释义:原指拿了人家的钱财,就得帮人消除灾祸。现指得了别人的好处,就要给人家办事。

✿得人者昌,失人者亡

释义:人,指人心。得人心的就能兴隆,失去人心的就要
    灭亡。

✿得忍且忍,得耐且耐,不忍不耐,小事成大

释义:为人应以忍耐为上,许多事情,本来是小事一桩,由
    于失去耐心,一时冲动,结果酿成大患。

✿得他心肯日,是我运通时

释义:只要对方同意,我就交了好运。多指向人求告。

✿得一望十,得十望百

释义:比喻贪心越来越大,总是没有满足。

✿得者失之本,福为祸之梯

释义:有得也必有失,福后跟着祸至。

✿德胜才为君子,才胜德为小人

释义:人要德才兼备,但道德必须是第一位的;否则只是
    一个虽有才能而薄行之人。

✿灯不点不亮,话不说不明

释义:指灯点了才能亮,说话清楚了才能明白。

✿灯一拨就亮,理一讲就明

释义:指道理只有讲出来,才能使人明白。

✿登高必自卑,行远必自迩

释义:卑,低下;迩,近。比喻要达到远大目标,必须循序

渐进,从基础开始。

✽滴水成河,积少成多

　　释义:事物之多是由少积聚起来的,像大河是由小水滴汇成。

✽滴水之恩,不忘涌泉相报

　　释义:滴水,形容少;涌泉,形容多。指对有恩于己的人,
　　　　　要时刻牢记,加倍回报。

✽地无朱砂,赤土为上

　　释义:比喻居地无显要贵族,不起眼的小人物便妄自称尊
　　　　　起来。

✽地宜其事,事宜其械;械宜其用,用宜其人

　　释义:凡事都必须符合主客观感的条件。

✽丁是丁,卯是卯

　　释义:某个钉子一定要安在相应的铆处,不能有差错。形
　　　　　容对事认真,毫不含糊。

✽东风压倒西风

　　释义:原指封建大家庭里对立的两方,一方压倒另一方。
　　　　　现比喻革命力量对于反动势力占压倒的优势。

✽东河里没水西河里走

　　释义:指这一条路走不通,就走另一条路。

✽东向而望,不见西墙

释义:比喻主观片面,顾此失彼。

✿东隅已逝,桑榆非晚

释义:东隅,指日出处,表示早年;桑榆,指日落处,表示晚年。早年的时光消逝,如果珍惜时光,发愤图强,晚年并不晚。

✿冬寒抱冰,夏热握火

释义:冬天寒冷却要抱冰,夏天炎热却要握火。形容刻苦自勉。

✿冬练三九,夏练三伏

释义:三九,指冬天最寒冷的时候;三伏,指夏天最炎热的时候。指在天气最冷和最热的时候进行锻炼。形容练习刻苦。

✿独虎好擒,众怒难犯

释义:可以擒拿一只老虎,不可引发众人的愤怒。指众人的心愿不可违背。

✿独木不成林

释义:一棵树成不了森林。比喻个人力量有限,办不成大事。

✿独坐穷山,引虎自卫

释义:比喻在窘急无路的情况下,想凭借别人力量加强防卫,结果反贻祸于己。

❀读书百遍,其义自见

释义:见,显现。读书上百遍,书意自然领会。指书要熟
读才能真正领会。

❀读书破万卷,下笔如有神

释义:破,突破;卷,书籍册数。形容读书很多,学识渊博。

❀读万卷书,行万里路

释义:指既要有书本知识,又要亲身参加社会实践,获得
实际经验。

❀蠹众而木折,隙大而墙坏

释义:蛀虫多了蚀木断,隙缝增大墙倒坍。比喻坏的因素
积多了,最后造成总崩溃。

❀断蛇不死,刺虎不毙,伤人愈多

释义:比喻除恶不尽,为害更大。

❀对牛弹琴,牛不入耳

释义:指和不明事理的人讲道理,是白费口舌。

❀钝铁磨成针,只要功夫深

释义:比喻只要肯下功夫,就能达到目的。

❀多个朋友多条路,少个对头少堵墙

释义:指朋友多了路子宽,对头少了路好走。劝诫人们多
交友少结怨。

✿多能多干多劳碌,不得浮生半日闲

释义:指越能干的人越劳碌,一生少有闲空时间。

✿多行不义必自毙

释义:坏事干多了,结果是自己找死。

✿多一分享用,减一分志气

释义:越讲究享受则越无进取之心。

✿多一事不如少一事

释义:指不管闲事,事情越少越好。

✿多用兵不如巧用计

释义:指对付强敌,要多动脑子用计谋取胜。

✿多指乱视,多言乱听

释义:视,审察;听,指判断。指点的人多了,不容易审察
　　　详细;出主意的人多了,难能作出正确的判断。

✿躲得和尚躲不得寺

释义:寺,寺庙。指事情已经发生,躲是躲不过去的。

✿躲脱不是祸,是祸躲不脱

释义:指灾祸只能化解,不能躲避。

✿躲一棒槌,挨一榔头

释义:比喻避过了这一个打击,又遇到另一个危难。

E

✽恶虎不食子

释义:即使凶恶的老虎也不吃自己生下的小老虎。比喻
不伤害亲近者。

✽恶人自有恶人磨

释义:坏蛋有更坏的人来治他。即任何事物都不是绝对
的,都有克制它的一方。

✽恶事行千里

释义:指好事不容易被人知道,坏事却传播得极快(含有
劝告的意思)。

✽恶言一句夏日寒,好言一句三冬暖

释义:一句恶毒的话,会让对方在夏日也感到心寒;一句
好话则能让人在三寒天也感到温暖。

✽饿出来的见识,穷出来的聪明

释义:比喻在艰苦的环境中才能磨炼出聪明才智。

✽饿得死懒汉,饿不死穷汉

释义:懒汉会饿死,穷汉却不会被饿死,指穷并不可怕,只
要勤劳,就会有出路。

❀饿死事小,失节事大

　　释义:失节,原为封建礼教指女子失去贞操,后泛指失去
　　　　节操。贫困饿死是小事,失节事情就大了。

❀恩人相见,分外眼明

　　释义:遇见于己有恩的人,一看就认得,倍感亲切。

❀儿不嫌母丑,狗乐嫌家贫

　　释义:指做人不能忘本,不能嫌弃自己家境贫寒,不能嫌
　　　　弃亲人。

❀儿多尽惜,财多尽要

　　释义:儿子再多,父母都是一样爱惜;钱财已多,仍要百计
　　　　谋求。

❀儿女情长,英雄气短

　　释义:过分缠绵于家庭以及男女之间的感情,会使有志气
　　　　的男子汉丧失进取之心。

❀儿孙自有儿孙福,莫与儿孙作马牛

　　释义:指子孙后代自有他们的福分,做长辈的不必给他们
　　　　当牛作马,过分操劳。

❀儿行千里母担忧

　　释义:儿女出远门远行,父母总是时刻牵挂,放心不下。

❀儿要自养,谷要自种

释义:要自己得自己养,要吃饭自己去种谷。比喻自家的

事自己拿主意。

✽耳不听,心不烦

释义:指不去了解发生什么事情,心里也就不会烦闷。

✽耳听千遍,不如手过一遍

释义:听别人讲得再多,也不如自己动手做一回。指亲身

实践是获得知识和技能的重要途径。

✽耳闻是虚,眼观为实

释义:亲耳听到的还不足为信,只有亲眼看到的才是真实

可靠的。

✽二虎相斗,必有一伤

释义:两只凶恶的老虎争斗起来,必有一只受伤。比喻敌

对双方实力很强,激烈斗争的结果,必有一方吃亏。

✽二人同心,其利断金

释义:比喻只要两个人一条心,就能发挥很大的力量。

✽二十年的媳妇熬成婆

释义:形容经历了长期的磨难,现在终于获得了解脱。

✽二桃杀三士

释义:将两个桃子赐给三个壮士,三壮士因相争而死。比

喻借刀杀人。

F

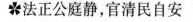

❀法正公庭静,官清民自安

释义:为官廉正,不扰民,百姓安居乐业,打官司的人自然
　　就少。

❀番薯脑子檀木心

释义:比喻脑子不灵活。

❀翻手为云,覆手为雨

释义:形容人反复无常或惯于耍手段。

❀凡人不可貌相,海水不可斗量

释义:比喻不能从外貌来评定一个人,正像海水无法用斗
　　来斛量一样。

❀凡事留人情,后来好相会

释义:做任何事都要给人留点情面,日后再交往就不难。

❀凡事预则立,不预则废

释义:预,预先,指事先作好计划或准备;立,成就;废,败
　　坏。不论做什么事,事先有准备,就能得到成功,不
　　然就会失败。

❀方离狼窝,又逢虎口

释义:比喻灾难频至,躲避有脱。

✤方以类聚,物以群分

释义:方,方术,治道的方法;物,事物。原指各种方术因
种类相同聚在一起,各种事物因种类不同而区分
开。后指人或事物按其性质分门别类。

✤防民之口,甚于防川

释义:防,阻止;甚,超过。阻止人民进行批评的危害,比
堵塞河川引起的水患还要严重。指不让人民说话,
必有大害。

✤放虎归山,必有后殃

释义:比喻放掉坏人日后一定会受其伤害。

✤放下屠刀,立地成佛

释义:佛家劝人改恶从善的话。比喻作恶的人一旦认识
了自己的罪行,决心改过,仍可以很快变成好人。

✤放着鹅毛不知轻,顶着磨子不知重

释义:比喻不知轻重,不识好歹。

✤飞得不高,跌得不重

释义:指名誉、地位虽有但并不显赫,一旦失掉它,损害也
不重。

✤飞蛾投火,自取焚身

释义:比喻自寻死路,自取灭亡。

✿非理之财莫取,非理之事莫为

释义:非理,违背情理。不正当的钱不要挣,缺德的事不去干。

✿分久必合,合久必分

释义:指人或事物变化无常,分合无定。

✿分明指与平川路,反把忠言当恶言

释义:比喻本是一片好心,却被当成恶意。

✿焚林而田,竭泽而渔

释义:竭,使……干涸;渔,打鱼。烧毁森林捕捉野兽,排干湖水去捕捉鱼。比喻只顾眼前的利益,无止境地索取而不留余地。

✿风不来,树不动

释义:比喻事情的发生定有其原因。即无风不起浪。

✿风从虎,云从龙

释义:比喻事物之间的相互感应。

✿风高放火,月黑杀人

释义:风高,风非常大;月黑,指黑夜。趁风大放火,趁黑夜杀人。形容盗匪趁机作案的行径。

✿风急雨至,人急智生

释义:风刮得紧,雨随后就来;人到危急之时,往往会突然
想出个好办法来。

✿风前燃烛,流泪无休

释义:烛燃于风中,油流淌不止。比喻悲伤不已。

✿风声鹤唳,草木皆兵

释义:唳,鸟鸣。听到风声和鹤叫声,都疑心是追兵。形
容人在惊慌时疑神疑鬼。

✿风调雨顺,国泰民安

释义:指风雨适时,五谷丰登,国家安宁,百姓居安乐业。

✿风无常顺,兵无常胜

释义:比喻事情不可能一帆风顺,没有挫折。

✿逢桥须下马,过渡莫争船

释义:告诫出门之人遇事应谨慎稳妥,不要好勇争胜。

✿逢人且说三分话,未可全抛一片心

释义:指对人要存有戒心,说话要有所保留,不能把心里
话都说出来。旧时常来劝诫涉世不深的年轻人。

✿逢山开路,遇水搭桥

释义:比喻根据实际情况,排除前进道路上的一切艰难险阻。

✿凤凰飞上梧桐树,自有旁人说短长

释义:比喻凡发生了一些不寻常的事,不管对错,总有人

说长论短。

✿佛是金装,人是衣装

　　释义:指佛要金子装点,人要衣饰打扮。比喻人内里不
　　　　足,要靠外表。

✿浮萍尚有相逢日,人岂全无见面时

　　释义:指浮萍随水漂荡尚有会合的时候,人也不可能没有
　　　　相见的日子。

✿福无双至,祸不单行

　　释义:指幸运事不会连续到来,祸事却会接踵而至。

✿福兮祸所伏,祸兮福所倚

　　释义:指福祸互为因果,互相转化。

✿父不慈,子必参商

　　释义:参和商量两颗星名。商在东,参在西,此出彼没,永
　　　　不相见。因比喻互相抵牾,意见不合。指父亲不慈
　　　　爱,则儿子对父亲也不亲近,心存距离。

✿父不忧心因子孝,毫无烦恼为妻贤

　　释义:即子孝父心宽,妻贤夫祸少。

✿父母在,不远游,游必有方

　　释义:父母在世时,儿子应在家侍奉双亲,不要为了觅取
　　　　虚名浮利而抛家远出;不得已而必须远离时,要告

知方向地点,以便父母心中有数。

✿父母之命,媒妁之言

释义:媒妁,媒人。旧时儿女婚姻,不由自主,须经父母同意,由媒人介绍。

✿富贵不归故乡,如衣绣夜行

释义:飞黄腾达之后,不回乡显耀一番,像穿了漂亮的衣服在黑夜里行走,无人知道。

✿富贵多罪,不如贫贱履道

释义:履道,实行道义。与其不义而富贵,宁可守贫而为善。

✿富贵他人合,贫贱亲戚离

释义:指有了钱,人们便自来趋附;一旦穷了,即使亲戚也会疏离。形容世俗的嫌贫攀富。

✿富贵有亲朋,穷困无兄弟

释义:有了钱,都来攀亲道故,贫贱时亲兄弟也断绝往来。

✿富家一席酒,穷汉半年粮

释义:形容有钱人的奢侈生活,和穷人的生活无法相比。

✿富人怕借,穷人怕债

释义:有钱的人怕别人向他借钱,贫穷的人怕身上背债。

G

✿干姜有枣,越老越好

释义:有,助词。姜老味辣,枣熟皮红。

✿甘草黄连分两下,那头苦了这头甜

释义:甘草味甜,黄连性苦。比喻分隔两地的两个人,一个生活优裕,一个却在吃苦。

✿敢怒而不敢言

释义:心里愤怒而嘴上不敢说。指慑于威胁,胸中愤怒不敢吐露。

✿刚者必折,强者必灭

释义:过于刚直和好勇斗胜,必然会给自身带来祸患。

✿钢刀虽快,不斩无罪之人

释义:比喻法律森严,但不可施于无罪的人。

✿高门不答,低门不就

释义:高贵的门第不予答理,低微的门第则不愿俯就。指婚姻不如愿。

✿胳膊上好推车,脊梁上好走马

释义:形容顶天立地,气概豪迈。

✱胳膊折了往袖子里藏

　　释义:比喻家里发生了不光彩的事,只有强自隐忍。

✱割猫儿尾,拌猫儿饭

　　释义:比喻利用对方的条件来施于对方。

✱隔重肚皮隔重山

　　释义:不是亲生的感情究竟不深。多指后母对子女冷漠

　　　　无情。

✱隔墙掠筛箕,不知仰着合着

　　释义:掠,扔,摔。把筛箕扔过墙去,是仰是合这边看不

　　　　见。比喻事情出来后结果如何,尚难预料。

✱隔墙须有耳,窗外岂无人

　　释义:指商量秘密的事,千万要谨慎小心,防止别人偷听。

✱各人冷暖,各人自知

　　释义:比喻对自身的优劣,自己了解得最清楚。

✱各人自扫门前雪,莫管他人瓦上霜

　　释义:莫管,不要管。比喻不要多管闲事。

✱各师父各传授,各把戏各变手

　　释义:把戏,戏法;变手,变化的手法。一个师父有一个师

　　　　父的传艺方法,各种戏法有不同的变化技巧。指事

　　　　情不可能都是一个套子。

❀根深不剪,尾大难摇

　　释义:根基深了不易铲除,尾巴过大摆动困难。比喻部下的权势巩固强大,便不易控制、拔除。

❀根深不怕风摇

　　释义:比喻为人正派,行事正当,不怕闲言碎语。

❀根子不正,秧必歪

　　释义:如果根不正,秧苗成长后一定是歪的。比喻思想出发点错误必然导致行为的错误。

❀跟着好人学好人,跟着巫婆下假神

　　释义:巫婆,女巫。指跟什么人接近,就会受到什么样的影响。强调环境对人的影响非常重要。

❀跟着勤的没懒的,看着硬的没软的

　　释义:比喻接触勤奋的人自己就不会懒惰,接近坚强勇敢的人自己也不会软弱。

❀耕牛无宿料,仓鼠有馀粮

　　释义:比喻辛勤劳苦的吃不饱,不从事生产的却富足有余。

❀弓硬弦上断,人强祸必随

　　释义:人过于刚直容易惹祸,正像弓绷得太紧了弦要断。

❀工多出巧艺

　　释义:只要多下工夫,就能把作品做得精致出彩。

✿工欲善其事,必先利其器

　释义:器,工具。要做好工作,先要使工具锋利。比喻要

　　　做好一件事,准备工作非常重要。

✿公人见钱,如蝇子见血

　释义:指公差爱钱如命,像苍蝇闻见血腥。

✿公说公有理,婆说婆有理

　释义:比喻双方争执,各说自己有理。

✿公修公得,婆修婆得,不修不得

　释义:比喻谁下了工夫谁就得益。

✿功不成,名不就

　释义:指在功名和事业方面都没有取得成功。

✿功到自然成

　释义:下了足够工夫,事情自然就会取得成效。

✿功高莫如救驾,奸毒莫过绝粮

　释义:最大的功劳要数救了皇帝;最恶毒的计策是截断对

　　　方的供给。

✿攻其一点,不及其余

　释义:对于人或事不从全面看,只是抓住一点就攻击。多

　　　指有偏见的批评。

✿攻无不克,战无不胜

释义：攻，攻打；克，攻克。没有攻占不下来的。形容力量
　　无比强大。

✿狗不嫌家贫，人不嫌地薄

释义：指人不会嫌弃自己家乡贫穷，只会思念家乡的美好。

✿狗急跳墙，兔急咬人

释义：比喻人在走投无路陷入绝境时，什么事都干得出来。

✿狗咬吕洞宾，不识好人心

释义：吕洞宾，传说中的八仙之一。狗见了吕洞宾这样做
　　善事的好人也咬，用来骂人不识好歹。

✿狗仗人势，雪仗风势

释义：比喻依仗主子的权势，欺压别人。

✿姑妄言之，姑妄听之

释义：指一方随便说话，一方姑且听听，双方都不以认真
　　态度对待对方。

✿孤犊触乳，骄子骂母

释义：比喻对子女过分溺爱将来往往忤逆不孝。

✿孤孀容易做，难得四十五岁过

释义：指寡妇在半百以后比较好守。

✿鼓不敲不响，钟不撞不鸣

释义：比喻心里有什么话说不出来，别人是不会明白的。

也比喻做什么事,总会引起相应的反应。

✤顾得眼前坑,未防脑后井

释义:比喻只注意了明来的攻击,对于别人的暗算却缺乏
　　警惕。

✤顾了田头,失了地头

释义:即顾此失彼。

✤顾左右而言他

释义:看着两旁的人,说别的话。形容无话对答,有意避
　　开本题,用别的话搪塞过去。

✤瓜田不纳履,李下不整冠

释义:走过瓜田,不要弯下身子提鞋;经过李树下面,不要
　　举起手来整理帽子。比喻避嫌疑。

✤寡不敌众,弱不敌强

释义:人少对抗不了人多,势弱胜不了强手。

✤寡妇门前是非多

释义:指寡妇和男人接触多了容易招惹是非。

✤寡妇失节,不如老妓从良

释义:比喻善人做了坏事,便不如坏人改恶从善。

✤挂羊头,卖狗肉

释义:挂着羊头,卖的却是狗肉。比喻以好的名义做招

牌,实际上兜售低劣的货色。

✿乖不过唱的,贼不过银匠,能不过架儿

释义:唱曲儿的心灵乖巧;银匠善于偷减成色而人不发觉;架儿嘴巧,能说得人作成他生意。

✿关东出相,关西出将

释义:关,函谷关。函谷关以东的地区,民风好文,多出宰相;函谷关以西的地区,民风好武,多出将帅。

✿关门养虎,虎大伤人

释义:比喻纵容助长坏人坏事,到头来自己受害。

✿观棋不语真君子

释义:下棋往往旁观者清,这时如果插上一句,便能决定棋局的胜负。故看人下棋切忌多口,是为有德之人。

✿观于海者难为水

释义:比喻阅历多了,要求也高,对一般的便看不上眼。

✿官不离印,货不离身

释义:官没有印便当不成官,生意人没有货就做不成生意。比喻人不能离开赖以生存的物质基础。

✿官不容针,私可容车

释义:指按公事公办的原则,再小的事也办不成;如以私情打通关系,再大的事情也能顺利通过。

✿官逼民反,民不得不反

　　释义:指官府逼得百姓走投无路,百姓不得不起来反抗。

✿官高必险,伴虎而眠

　　释义:指做皇帝的高官,其危险程度犹如伴老虎睡觉,性
　　　　命早晚不保。

✿官高必险,势大必倾

　　释义:官做大了,势太盛了,必致倾败的一天。劝人为人
　　　　做事不要太满,适可而止。

✿官凭印信,私凭票约

　　释义:旧时做官靠的是大印,印丢则官丢;人们之间办事
　　　　要用文字立据,空口无凭。谓凡事都要有个依据。

✿官清民自安

　　释义:为官清廉则冤狱不兴。百姓自然安居乐业。

✿官情如纸薄

　　释义:形容官场上交往,尔虞我诈,没有真正的人情可讲,
　　　　一切都是以利相交。

✿官向吏,吏向官

　　释义:当官者互相容情包庇。即官官相护。

✿管山吃山,管水吃水

　　释义:比喻干什么工作,就指靠它生活。

源远流长的中华谚语

❀光说不算，做出再看

　　释义：光说得好听是不算数的，要看实际干得怎么样。指
　　　　　凡事重在行动。

❀光天化日，朗朗乾坤

　　释义：大青白天，清平世界。也形容在大庭广众、众目睽
　　　　　睽之下。

❀光阴似箭，日月如梭

　　释义：光阴流逝如飞箭，日月交替如穿梭。形容时间过得快。

❀广取不如俭用

　　释义：尽量扩大收入，还不如节省开支。

❀归师勿掩，穷寇勿追

　　释义：掩，乘人不备进行袭击。不能袭击撤退的军队，也
　　　　　不能追杀走投无路的敌人。指特定情况下要防止
　　　　　敌人拼死反击，以免不测的牺牲。

❀规小节者不能成荣名

　　释义：总是拘泥小节的人便成不了大事。

❀贵人上宅，柴长三千，米长八百

　　释义：贵客登门，家道借光从此兴旺。是一种客套话。

❀贵人抬眼看，定是福星临

　　释义：比喻能得到高贵人的赏识，说明好运即将来临。

✿贵易交,富易妻

　　释义:指忘恩负义之人,一旦地位高了,有了钱势,就不认
　　　　　老友,离弃贫穷守家的结发妻子,和与自己地位相
　　　　　当的人往来并另结新欢。

✿国必自伐,而后人伐

　　释义:一个国家常做有损本身元气的事,敌人便乘弊入侵。

✿国不可一日无王,家不可一日无主

　　释义:指一个国家或一个家庭都要有主事的人。

✿国家兴亡,匹夫有责

　　释义:指国家的兴盛和衰亡,每个人都有责任。

✿国以民为本,民以食为天

　　释义:百姓是国家的根本,食粮又是百姓的生命。指统治
　　　　　者应当高度重视粮食问题。

✿国有常法,虽危不亡

　　释义:国家有了健全的法制,即使一时遇到危险,却不至
　　　　　于亡国。

✿过而能改,善莫大焉

　　释义:指有了错误能及时改正,这才是大好的事。

✿过耳之言,不可听信

　　释义:传听来的话,不能轻易相信。

H

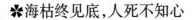

✿ 海枯终见底,人死不知心

　释义:海干了可以见到底,人到死也摸不透他内心所想。比喻人心极其难测。

✿ 海阔凭鱼跃,天高任鸟飞

　释义:比喻有志气、抱负的人可以在广阔的天地里自由地施展才能。

✿ 海内存知己,天涯若比邻

　释义:四海之内有知己朋友,即使远在天边,也感觉像邻居一样近。

✿ 海水不可斗量,人不可貌相

　释义:海水是不可以用斗去量的,人的才能从外表上是看不出来的。比喻不可根据某人的现状就低估他的未来。

✿ 害人之事不为,非义之财不取

　释义:为人要正派,不做伤天害理之事。

✿ 含愁欲说心头事,鹦鹉前头不敢言

　释义:心里无限愁事,说了恐人传舌,更增烦恼,只得隐忍。

✿行百里者半九十

　　释义:走一百里路,走了九十里才算是一半。比喻做事愈
　　　　接近成功愈要认真对待。

✿行不更名,坐不改姓

　　释义:表示自己是个硬汉,对别人毫无隐瞒。

✿寒蝉鸣古木,便死也清高

　　释义:寒蝉,深秋之蝉。蝉至秋寒而死。蝉吸叶上露水,
　　　　古人常用以比喻高尚的节操。敢于仗义执言,即使
　　　　为此而死,也保持高洁的品性。

✿寒门生贵子,白屋出公卿

　　释义:寒门,清贫低微的门舌绽莲花;白屋,平民之家。一
　　　　些贵显人物常出自寒微的家庭。

✿韩信将兵,多多益善

　　释义:将,统率,指挥。比喻越多越好。

✿喊天天不应,呼地地无门

　　释义:形容有冤无处诉而哭天喊地的情形。

✿行行出壮元

　　释义:状元,旧时科举制度称殿试一甲(第一等)第一名,
　　　　比喻某一行业中成绩最好的人。指无论干哪一行,
　　　　只要热爱本职工作,都能做出优异的成绩。

源远流长的中华谚语

✿行家看门道,外行看热闹

　　释义:指内行人能看到实质,外行人只能看到表面现象。

✿行家伸伸家,便知有没有

　　释义:比喻内行人的经验丰富,只需要稍稍动手就可以知
　　　　道实际情况如何。

✿毫不利己,专门利人

　　释义:丝毫不为个人利益着想,一心一意做有利于他人的
　　　　事情。

✿好处安身,苦处用钱

　　释义:比喻碰上条件好的地方就要随时安身,在遭遇麻烦
　　　　或遭受苦难的时候要舍得花钱。在困难时要舍得
　　　　花钱疏通关系,以求摆脱困境。

✿好儿好女眼前花

　　释义:养着称心如意的儿女,像花一样,看着就心里舒畅。

✿好风凭借力,送我上青天

　　释义:凭着风力,登上云天。比喻凭借他人之力而得以飞
　　　　黄腾达。

✿好钢要使在刀刃上

　　释义:比喻无论财力、人力都要用在需要的地方。

✿好狗不咬鸡,好汉不打妻

释义:比喻一个优秀的丈夫从不随便欺负妻子。

✿好官易做,好人难做

释义:当官不过一任,当好了,留名当地;做人要操守一辈子,稍有失节,一生名誉扫地。

✿好汉不吃眼前亏

释义:指聪明人能识时务,暂时躲开不利的处境,免得吃亏受辱。

✿好汉不怕出身低

释义:指有志气有作为的人不论出身。

✿好汉护三村,好狗护三邻

释义:三村,泛指附近村庄;三邻,泛指邻居。指英雄好汉理当保护和帮助邻里、乡亲。

✿好花不常开,好景不常在

释义:指美好的事物多不能持久。

✿好花偏逢三更雨,明月忽来万里云

释义:比喻美好的事物忽然遭到摧残。

✿好话不瞒人,瞒人非好话

释义:正大光明的话不用背人,背人说的定不是好话。

✿好记性不如烂笔头

释义:指再好的记忆力也不如用笔记录下来的可靠。

源远流长的中华谚语

✿好借好还，再借不难

　　释义：借了东西，用过便还，下次人家乐意再借。

✿好酒不怕巷子深

　　释义：指虽在偏僻深巷里，只要酒好，就有人找上门来买。

　　　　比喻只要货真价实，必能取信于人。

✿好了疮疤忘了痛

　　释义：比喻情况好转后就忘了过去的困难或失败的教训。

✿好马不备双鞍，烈女不更二夫

　　释义：旧谓贞烈的女子嫁夫应从一而终。

✿好马不吃回头草

　　释义：比喻做过的事不会再做，决不走回头路。

✿好女不穿嫁时衣

　　释义：比喻自食其力，不依靠父母或祖上遗产生活。

✿好人不在世，恶人磨世尊

　　释义：世尊，佛教教主，比喻掌权人。指好人死了，坏人为

　　　　非作歹，无法无天。

✿好诗读下三千首，不会做来也会偷

　　释义：好诗读多了，自然而然地也会模仿着做起诗来。

✿好事不出门，恶事行千里

　　释义：指好事不容易被人知道，坏事却传播得极快。

❀好手不敌双拳,双拳难敌四手

　　释义:武艺再强也斗不过人多势众。

❀好死不如赖活着

　　释义:赖,不好。指痛痛快快地死去不如忍受一切勉强活

　　　　下去。

❀好铁不打铁,好男不当兵

　　释义:旧时指当兵的都是一些游手好闲或走投无路的男

　　　　子,不得已所为。

❀好物难全,红罗尺短

　　释义:比喻美好的事物也不是十全十美的。

❀好媳妇难为无米之炊

　　释义:比喻没有必要的条件,再有本事的人也办不成事。

❀好心总有好报

　　释义:说你是好心待人,总会得到好的回报。

❀好船者溺,好战者亡

　　释义:善于驾船的人易被淹死,惯常打仗的人必战死于阵

　　　　前。比喻对某事越精通则越会因大意而出事。

❀何水无鱼,何官无私

　　释义:做官的没有一个不受贿的,就像凡是河都有鱼一样。

❀河海不择细流

释义:比喻不论大小,一律收容。

✿ 河水不碍船

释义:比喻不相干或相安无事。

✿ 河狭水紧,人急计生

释义:水流至狭处变为湍急;人被逼急了,就会想出解救
的办法。

✿ 荷花娇欲语,愁杀荡舟人

释义:比喻面对娇美的女子,虽有无限爱慕之情,因无缘
表达而惆怅不已。

✿ 荷花虽好,也要绿叶扶持

释义:比喻再有本事的人,也需要有人扶助支持。

✿ 涸泽而渔,焚林而猎

释义:涸,使水干枯;泽,聚水的洼地;焚,烧毁。把池水库
干来捕鱼,将林地烧毁来打猎。比喻只图眼前利
益,不作长远打算。

✿ 黑猫白猫,能抓老鼠就是好猫

释义:比喻判断事物的好坏,主要是看实际效果。

✿ 黑墨落在白纸上,钉子砸在木头里

释义:比喻事情既然已经发生了,就无法改变。

✿ 黑云压城城欲摧

释义:摧,毁坏。黑云密布在城的上空,好像要把城墙压塌似的。比喻恶势力一时嚣张造成的紧张局面。

✽恨小非君子,无毒不丈夫

释义:指做事心狠手辣,毫无容情。

✽横草不拈,竖草不动

释义:形容懒惰无比,什么都不愿干。

✽横说横有理,竖说竖有理

释义:指强词夺理,怎么说都有理。

✽厚于味者薄于行

释义:凡重嗜饮食的人德行必然不高。

✽呼牛应牛,呼马应马

释义:人呼什么便算什么。比喻任人毁誉,什么都不计较。

✽呼天天不应,叫地地不灵

释义:比喻求告无门、束手无策、无计可施。

✽呼之即来,挥之即去

释义:即,就,立刻;挥,挥手。叫他来就来,叫他走就走。形容统治阶级对下属或奴才的任意使唤。

✽囫囵鸭蛋,无缝可钻

释义:比喻十分严谨,无可乘之隙。

✽狐狸打不成,倒惹一屁股臊

释义:比喻事情没有办成,却落了个坏名声。

✿狐狸再狡猾也斗不过好猎手

释义:比喻坏人不管怎样狡猾多变、诡计多端,也不可能
　　　战胜有本事的好人。

✿猢狲戴网儿,学人做作

释义:比喻低贱的人装出一副有身份的样子。

✿虎不离山,龙不离海

释义:比喻高贵的人不能脱离他所习惯的环境。

✿虎毒不食子

释义:比喻再凶恶的人,也不会伤害自己亲生的孩子。也
　　　指长辈不会伤害亲近自己的晚辈。

✿虎生三子,必有一彪

释义:比喻众多子女之中,一定有一个超群出众的人。

✿虎心隔毛翼,人心隔肚皮

释义:老虎的心隔着毛皮,人的心隔着肚皮。意谓人的心
　　　思难以猜透。

✿护家之狗,盗贼所恶

释义:比喻忠心耿耿的人,常遭小人的忌恨而加害。

✿花对花,柳对柳,破畚箕对折笤帚

释义:畚箕,清除垃圾的工具。指男女好的配好的,坏和

坏相配。

❀花解语,玉生香

　　释义:像花一样美丽而会说话,像玉那样晶莹却有香味。
　　　　形容女子美丽的容貌和温柔的体态。

❀花开遭雨打,雨止又花残

　　释义:比喻人正在大好时光时遭到磨难和摧折;磨难过
　　　　去,伤损却无法弥补。

❀花谢花开各有时

　　释义:各种花开和落都有它的节气。比喻一个人的富贵
　　　　穷通都由命中注定。

❀花有重开日,人无千日好

　　释义:人情有冷有暖,像花有开有谢。比喻好心不能保持
　　　　永久。

❀花又不损,蜜又得成

　　释义:比喻事情做得既无损于彼,却有益于此,两全其美。

❀花正开时遭雨打,月当明处被云遮

　　释义:比喻人在美好的时光忽遭磨难和挫折。

❀化腐朽为神奇

　　释义:神奇,神妙奇特的东西。变坏为好,变死板为灵巧,
　　　　变无用为有用。

❈化干戈为玉帛

　　释义：干戈，指打仗；玉帛，玉器和丝织品，指和好。比喻
　　　　使战争转变为和平。

❈划一无二，老少无欺

　　释义：比喻说话算数，没有回旋余地。

❈话到嘴里留三分，事要三思而后行

　　释义：指凡事要谨慎，说话要留有余地，做事不要盲目。

❈画虎不成反类狗

　　释义：类，像。画老虎不成，却像狗。比喻模仿不到家，反
　　　　而不伦不类。

❈画虎不成君莫笑，安排牙爪好惊人

　　释义：比喻不要笑话开初之失误，待等重新布置就绪，定
　　　　能做出一番惊人之举。

❈画虎画皮难画骨，知人知面不知心

　　释义：比喻认识一个人容易，了解一个人的内心却难。

❈欢来不似今朝，喜来那逢今日

　　释义：形容没有比今天更快乐的了。

❈欢娱嫌夜短，寂寞恨更长

　　释义：更，夜间报时。形容大家在一起欢乐之时往往会忘
　　　　记时间；独自无聊时总觉得时间过得极慢。

❀患难见知交,烈火现真金

释义:比喻只有在患难中才能看清谁是真正的朋友,就像
只有在烈火里才能显现哪是真正的黄金。

❀皇帝不急,急死太监

释义:比喻当事者不着急,无关的人倒焦急。谓瞎操心。

❀皇天不负有心人

释义:上天不会辜负有恒心的人。

❀黄河尚有澄清日,岂可人无得意时

释义:比喻人不能一世落魄潦倒,总会有出头之日。

❀黄金有价人无价

释义:黄金虽贵,人更宝贵。

❀黄猫黑尾,外合里差

释义:比喻养着的人,表面顺从,心里向着外人,即吃里爬外。

❀黄钟毁弃,瓦釜雷鸣

释义:黄钟被砸烂并被抛置一边,而把泥制的锅敲得很
响。比喻有才德的人被弃置不用,而无才德的平庸
之辈却居于高位。

❀会家不忙,忙家不会

释义:会家,行家。对于一种工作,熟练的人操纵自如;手
忙脚乱的人多数不会。

✿会看的看门道,不会看的看热闹

释义:门道,做事的诀窍,解决问题的关键。指行家观察
　　　事物,寻找内在的规律性,外行只会在表面上看看。

✿会使天上计,难免目前灾

释义:比喻尽管有天大的本领,也摆脱不了眼前的困境。

✿昏镜无好面,恶土无善禾

释义:比喻在坏的环境中学不出好样来。

✿浑身是口不能言,遍体排牙说不得

释义:形容含冤受屈而无处申诉,辩解不清。

✿浑浊未分鲢与鲤,水清方见两般鱼

释义:比喻事情混淆不清,真假难辨;只有真相大白之后,
　　　方才分出谁好谁坏。

✿火烧眉毛,且顾眼前

释义:比喻形势极度紧迫,只能顾及目前,无暇考虑他事。

✿货有高低三等价,客无远近一般看

释义:指做生意的人对商品可以分等定价,但对顾客无论
　　　购货多少,都不应厚此薄彼,要一律对待。

✿货真价实,童叟无欺

释义:原为商人指货色不假,价钱实在,对老人孩子也绝无欺
　　　骗。后用作实实在在,对老人孩子也绝无欺骗。

❋祸从口出,病从口入

释义:灾祸多数因说话不慎引起,病患常是饮食不节俭所致。

❋祸从天降,灾向地生

释义:灾祸意外地突然发生。犹飞来横祸。

❋祸福两余,唯人自取

释义:祸患和幸福本来是两条不同的道路,是祸是福取决于自身处置得当与否。

❋祸患积于忽微,智勇困于所溺

释义:灾祸往往由细微的事故累积所致;本来有智有勇者常被所宠爱的人迷惑而不能自拔。

❋祸兮福所倚,福兮祸所伏

释义:倚,倚靠;伏,隐藏。祸中有福,福中有祸。比喻坏事可以引出好的结果,好事也可以引出坏的结果。

❋祸与福同门,利与害为邻

释义:指祸福利害之间没有天然的鸿沟,祸之中寓有福,利之中也包含着害。

❋祸之所生,必由积怨

释义:灾祸的降临,多数是由于平时积怨太深。

❋惑者知返,迷道不远

释义:误入歧途而及时醒悟,则改正不难。

源远流长的中华谚语

J

❀机不可失,时不再来

释义:失,错过。指时机难得,必需抓紧;否则,后悔莫及。

❀机不择食,寒不择衣

释义:指人身处困境,急于满足所需,来不及选择。

❀饥得一口,胜如饱时一斗

释义:饿极时有一口吃便能救急,吃饱了再多也无所谓。

❀鸡多不下蛋,人多吃闲饭

释义:比喻人多了如果组织不好,就会事与愿违。

❀鸡犬之声相闻,老死不相往来

释义:鸡鸣狗吠的声音都能听到,可是一辈子也不互相来往。现在形容彼此不了解,不互通音讯。

❀积财千万,不如薄技在身

释义:积蓄财产,不如学点技术。

❀积善之家有余庆,积恶之人有余灾

释义:多做好事的人家能造福子孙后代,恶事做多的人家没有好下场。

❀积土为山,积水为海

释义:把土堆起来可以成山,把水蓄起来可以成海。比喻
　　积少成多。

✿积书沉舟,群轻折轴

　释义:分量轻的东西,积累多了,也会把船沉没,车轴压
　　断。比喻小患积多,会酿成大祸。

✿及溺呼船,悔之无及

　释义:等到沉入水中才想起喊船来救,已经来不及了。比
　　喻事情陷入绝境才想方设法补救,已无济于事。

✿吉人天相,绝处逢生

　释义:迷信谓好人总有老天帮忙,即使在最危险的关头,
　　也常会化险为夷。

✿吉人之辞寡,躁人之辞多

　释义:吉人,善人。善良的人话语少,浮躁的人心烦而话多。

✿即以其人之道,还治其人之身

　释义:就用那个人对付别人的办法返回来对付那个人自己。

✿急急如丧家之犬,忙忙似漏网之鱼

　释义:形容拼死逃命时的狼狈状。

✿疾风暴雨,不入寡妇之门

　释义:比喻做一切事情都要避去嫌疑。

✿己身不正,焉能正人

释义:自己不以身作则,怎么能指导别人。

❀己所不欲,勿施于人

释义:欲,希望;勿,不要;施,施加。自己不愿意的,不要
　　加给别人。

❀既到灵山,岂可不朝佛

释义:比喻初到一处,不能不拜访当地的权势者。

❀既得陇,复望蜀

释义:比喻贪心不足,得寸进尺。

❀既来之,则安之

释义:既,已经;来之,使之来;安之,使之安。原意是既然
　　把他们招抚来,就要把他们安顿下来。后指既然来
　　了,就要在这里安下心来。

❀寄物则少,寄言则多

释义:托人带东西则越少越好;托人捎话则务必详细。

❀佳人有意村夫俏,红粉无心浪子村

释义:比喻对人心有好感,咋看咋好;如不对劲,咋看咋不
　　像样。

❀家必自毁,而后人毁

释义:自己先把家闹得不安宁,别人才敢来挑拨破坏。

❀家和万事兴

释义:指一家人和睦相处,家业就会兴旺起来。

✿家鸡打的团团转,野鸡打的贴天飞

释义:比喻关系亲密者尽管吵吵闹闹也不分离,临时凑合
者一句话不对立刻散伙。

✿家家卖酸酒,不犯是高手

释义:许多人都造假货,不被识破的才是真正的高手。

✿家累千金,坐不垂堂

释义:垂堂:堂外檐下,意思是富贵之人不要在廊檐下坐停,
怕瓦堕下丧身。比喻尊贵人不履危险之地,应远害以
全身。

✿家贫不是贫,路贫贫杀人

释义:指居家贫困,可以勉强对付;旅外无钱,求告其门。

✿家神不做主,外鬼相调戏

释义:比喻当家的持家不严,外人便来欺负。

✿家无读书子,官从何处来

释义:旧时重学而仕则仕,故想当官首先得读书。如果家
里没有一个读书人,哪里能有官做。

✿家无隔宿之粮,灶无半星之火

释义:形容家境寒苦,吃了今天没明天。

✿家无营活计,不怕斗量金

释义:没有谋生手段,家里财产再多,也有穷尽的日子。

✽家有敝帚,享之千金

释义:敝帚,破扫帚;享,供奉。自家的破扫帚被认为价值
　　千金。比喻自己的东西即使不好也倍觉珍贵。有时
　　用于自谦。

✽家有常业,虽饥不饿

释义:一个家有固定的职业,即使遇到灾荒年份,也不至
　　挨饿。

✽家有家主,庙有庙主

释义:不论是家或者一个部门,都得有一个说了算的人。

✽家有千口,主事一人

释义:不管多少人,说了算的只能是一个。

✽家有千万,小处不可不算

释义:家里即使积千论万,也要精打细算。

✽家有一心,有钱买金;家有二心,无钱买针

释义:强人一家人心往一处想,家业就兴旺;如果各揣心
　　腹事,这个家就兴发不起来。

✽嫁出去的女儿,泼出去的水

释义:旧时认为嫁走的闺女就像泼出去的水一样,父亲就
　　不再过问。

❋嫁汉嫁汉,穿衣吃饭

　　释义:旧指女子嫁人是为了吃穿有依靠。

❋嫁鸡随鸡,嫁狗随狗

　　释义:封建礼教认为,女子出嫁后,不论丈夫好坏,都要永
　　　　远跟从。

❋奸同鬼蜮,行若狐鼠

　　释义:奸诈像鬼蜮,狡猾像狐鼠。比喻人恶劣到极点。

❋兼听则明,偏信则暗

　　释义:指要同时听取各方面的意见,才能正确认识事物;
　　　　只相信单方面的话,必然会犯片面性的错误。

❋捡把芝麻,丢了西瓜

　　释义:比喻只顾小的和次要的东西,丢掉大的和主要的方
　　　　面。比喻做事情分不清主次。

❋剪草除根,萌芽不发

　　释义:比喻做事要做得彻底,免生后患。

❋见怪不怪,其怪自败

　　释义:看到怪异的现象不要惊慌失措,镇静对待,怪现象
　　　　会不攻自破。

❋见其一未见其二

　　释义:知道事物的一方面,不知道还有另一方面。形容对

事物的了解不全面。

❋见人说人话,见鬼说鬼话

释义:指见到什么人说什么话。形容人灵活变通、处世圆滑。

❋见食不抢,到老不长

释义:在吃上如总是谦让的话就长不大。

❋见之不取,失之千里

释义:见到时不拿过来,以后再想要就更难办了。

❋贱里买来贱里卖,容易得到容易舍

释义:犹来得容易去得快。轻来轻去,不当回事。

❋剑老无芒,人老无刚

释义:人老了缺少朝气,正像剑用旧了没有锋芒。

❋箭头不发,努折箭杆

释义:比喻领头的不肯采取行动,手下人有多大劲也白搭。

❋箭在弦上,不得不发

释义:比喻事情既已动手,不得不进行下去。

❋江山代有人才出,各领风骚数百年

释义:世上总不断涌出一批才能杰出之士,他们作品的思想、风格能影响数百年之久。

❋江山易改,禀性难移

释义:人的本性的改变,比江山的变迁还要难。形容人的本性难以改变。

✽姜太公钓鱼,愿者上钩

释义:比喻心甘情愿地上当。

✽将计就计,其计方易

释义:利用对方的计策来实施自己的计策,事情更易成功。

✽将酒劝人,终无恶意

释义:向人敬酒,是一种善意的表示。

✽将军不下马,各自奔前程

释义:形容匆匆分手,各自为自己的前程而奔忙。

✽将上不足,比下有馀

释义:指虽赶不上好的,却超过了次等的。

✽将心托明月,明月照沟渠

释义:比喻好意相待对方根本不领情。用在男女关系上,指一方有情,一方无意。

✽将有馀,补不足

释义:拿多余部分来弥补欠缺之处。指从富人身上拿出钱物救济贫穷之人。

✽将欲取之,必先与之

释义:要想夺取些什么,得暂且先给些什么。指先付出代价以诱使对方放松警惕,然后找机会夺取。

❀将相本无种,男儿当自强

释义:比喻伟大人物并不是天生的,要靠自己努力才能成功。

❀将遇良材,棋逢敌手

释义:敌手,力量相等的人。形容双方本事不相上下。

❀将在外,君令有所不受

释义:旧指将军在外边作战,可以权宜行事;对国君或上司的某些不合理的命令可以不执行。

❀将在谋而不在勇,兵在精而不在多

释义:主将在于运筹辅谋,不凭个人勇力;兵士在于训练有素,并不一定要多。

❀交游满天下,知交有几人

释义:朋友结交了很多,真正知己莫逆的却很有限。

❀教会徒弟,饿死师傅

释义:旧谓师傅把技术传给徒弟后,因为没有保留绝活儿,往往竞争不过徒弟而失业。

❀浇花要浇根,教人要教心

释义:比喻做事要从根本上做起,教育人从思想上入手。

❀狡兔死,良狗烹

释义:烹,烧煮。兔子死了,猎狗就被人烹食。比喻给统治者效劳的人事成后被抛弃或杀掉。

❀狡兔有三窟

　　释义:比喻聪明的人常准备几条避祸的退路,以保安全。

❀脚正不怕鞋歪,身正不怕影斜

　　释义:指一个人只要自己行为端正,做事光明磊落,就不

　　　　怕别人找麻烦。

❀叫天天不应,叫地地不灵

　　释义:形容处境困难,呼告、求救无门。

❀揭开天窗说亮话

　　释义:比喻把事情开诚布公地说出来,并加以说透。

❀解铃还需系铃人

　　释义:比喻谁惹出来的麻烦,还得由谁去解决。

❀今冬麦盖三层被,明年枕着馒头睡

　　释义:指今年冬天下了大雪,预兆来年小麦的丰收。

❀今日事,今日毕

　　释义:今日的事,今日完成。指做事不拖拉。

❀今朝有酒今朝醉

　　释义:比喻过一天算一天。也形容人只顾眼前,没有长远

　　　　打算。

❀金风未动蝉先噪,暗送无常死不知

　　释义:秋风未起,蝉仍在高唱,不知死期之将至。比喻死

到临头还不自知。

✿金将石试方知色

　　释义：比喻人经过严格的考验，方见真情还是假意。

✿金窝银窝不如自家穷窝

　　释义：比喻别的地方再好，也不如自己长年久住在家好。

✿金无足赤，人无完人

　　释义：足赤，足金，纯金。没有纯而又纯的金子。比喻没有十
　　　　　全十美的事物；也比喻不能要求一个人没有一点缺点
　　　　　错误。

✿金玉其外，败絮其中

　　释义：金玉，比喻华美；败絮，烂棉花。外面像金像玉，里
　　　　　面却是破棉絮。比喻外表很华美，而里面一团糟。

✿谨行俭用，十年不富

　　释义：光靠节衣缩食是富不起来的。

✿尽销军器为农器，不挂征旗挂酒旗

　　释义：比喻平息了战火，过太平的日子。

✿近山识兽，傍水知鱼

　　释义：生活在什么样的环境熟悉什么样的事物。

✿近水楼台先得月

　　释义：水边的楼台先得到月光。比喻由于接近某些人或

事物而抢先得到某种利益或便利。

✿近水知鱼性,近山知鸟音

　释义:指生活在水边的人了解鱼的习性,生活在山边的人
　　　　知道鸟的叫声。用来比喻环境对人的影响。

✿近朱者赤,近墨者黑

　释义:靠着朱砂的变红,靠着墨的变黑。比喻接近好人可
　　　　以使人变好,接近坏人可以使人变坏。指客观环境
　　　　对人有很大影响。

✿进思尽忠,退思补过

　释义:在朝廷做官,就忠心耿耿报效君主;辞官隐退时,就
　　　　反省自己,以弥补过失。

✿经一事,长一智

　释义:亲身经历了某件事情,就能增长关于这方面的知识。

✿精诚所至,金石为开

　释义:人的诚心所到,能感动天地,使金石为之开裂。比
　　　　喻只要专心诚意去做,什么疑难问题都能解决。

✿井水不犯河水

　释义:比喻各管各的,互不相犯。

✿静若处子,动若脱兔

　释义:指军队未行动时就像未出嫁的女子那样沉静,一行

动就像逃脱的兔子那样敏捷。

✿久病床前无孝子

释义:指父母长期患病,儿女长期服侍难免会厌烦、懈怠。

✿久旱逢甘雨

释义:逢,遇到。干旱了很久,忽然遇到一场好雨。形容
盼望已久终于如愿的欣喜心情。

✿酒逢知己千杯少,话不投机半句多

释义:知心朋友相聚,酒喝得再多也嫌不够;和见解不同的人
谈话,半句都嫌太多。饮酒、交谈贵在情投意合。

✿酒能成事,酒能败事

释义:指有些事因酒壮胆而成,也有因酒醉而误事。任何
事都既有一利,也有一弊,都在于人的掌握。

✿酒肉兄弟千个有,急难之时一个无

释义:吃喝玩乐时,三朋四友,趋之若鹜;遇到危难时,一
个个避之如仇。形容朋友的好利薄义。

✿酒要少吃,事要多知

释义:酒喝多了会坏事,故不宜多喝;事知道的少则见识
不广,故要多了解。

✿酒在肚里,事在心头

释义:指虽喝了酒,心事却仍消不下去。犹酒醉心里清。

❀酒中不语真君子

释义:饮酒之人总是情绪兴奋,话语多。指吃酒时能沉着
稳健者真有君子之风。

❀酒醉吐真言

释义:指酒后兴奋话多,易放松警惕说出真情。

❀救烦无若静,补拙莫如勤

释义:想心里不烦恼,只有使情绪镇定;要弥补迟笨之法,
只有勤劳多干。

❀救火须救灭,救人须救彻

释义:救火不灭,余烬复燃;救人不到底,仍不脱危难。比
喻做事要认真,负责到底。

❀救人须救急,施人须当厄

释义:厄:贫困。谓救助人救在正在穷困急需的时候。

❀救人一命,胜造七级浮屠

释义:指救人性命功德无量。

❀居无安,食无饱

释义:生活不必过于舒适,饮食不宜过饱。意指过则容易
丧志伤身。

❀居移气,养移体

释义:指地位和环境可以改变人的气质,奉养可以改变人

的体质。

✤鞠躬尽瘁,死而后已

　　释义:鞠躬,弯着身子,表示恭敬、谨慎;尽瘁,竭尽劳苦;
　　　　已,停止。指勤勤恳恳,竭尽心力,到死为止。

✤举如鸿毛,取如拾遗

　　释义:举一根羽毛,拾一件东西。比喻事情容易做,不费
　　　　气力。

✤锯齿不斜,不能断木

　　释义:比喻为了使事情获得成功,必要时得采用些不正规
　　　　的手段。即解决具体事要用相应方法。

✤聚少成多,滴水成河

　　释义:聚,聚积,一点一滴地凑集。积少可以成多,一点一
　　　　滴的水可以汇聚成河。

✤涓涓不壅,终为江河

　　释义:壅,堵塞。细小的水流如果不堵塞,终将汇合成为
　　　　大江大河。比喻对细小或刚刚萌芽的问题不加注
　　　　意或纠正,就会酿成大的问题。

✤决江海救焚,焚救溺至

　　释义:焚,火灾;溺,水淹。比喻光顾解决眼前危难而没有
　　　　顾到由此带来的另一种灾难。

❀军马未动,粮草先行

释义:粮草应先于部队出发,这样使兵士首先有了生活保障,有利于打仗。比喻动手之前要做好一切准备工作,使事情得以顺利开展。

❀君不正,臣投外国

释义:比喻领导者执法不公,言行无信,手下人便别投他处。

❀君子报仇,十年不晚

释义:十年,概数,指多年;君子,旧指地位高的人,现指品德高尚的人,也泛指有修养、有志气的人。指君子报仇不可操之过急,要等待时机成熟。

❀君子动口,小人动手

释义:有修养的人用道理说服别人,而野蛮的人只想动武。

❀君子矜人之厄,小人利人之危

释义:矜,怜悯。高尚之人总是同情人的灾难,卑贱之人却乘人之危而谋好处。

❀君子千言有一失,小人千言有一当

释义:高尚的人说话也有失误的时候;小人物的话也有说对的时候。

❀君子一言,快马一鞭

释义:比喻一言为定,决不反悔。

K

❀ 开店容易守店难

　　释义:指开了店要把生意做活,使之日渐兴隆,比起筹备
　　　　开张时要难得多。

❀ 开弓没有回头箭

　　释义:比喻既然事情已经开了头,就只能坚持下去。

❀ 开眼界,见世面

　　释义:到外多转转、多看看,增长见识。

❀ 开眼做,合眼受

　　释义:自己做了坏事,就该承受罪责。

❀ 看菜吃饭,量体裁衣

　　释义:量体,用尺量身材的大小长短;裁,裁剪。比喻根据
　　　　具体情况办事。

❀ 靠山吃山,靠水吃水

　　释义:比喻自己所在的地方有什么条件,就依靠什么条件
　　生活。

❀ 靠天吃饭,赖天穿衣

　　释义:指人无法抵抗自然灾害,一切温饱都靠上天做成。

✿可怜天下父母心

　　释义:父母对于儿女的爱,即使有时不被孩子所理解,也

　　　　总是那样无私博大,令人感动。

✿可望而不可即

　　释义:即,接近。能望见,但达不到或不能接近。常比喻

　　　　目前还不能实现的事物。

✿可为智者道,难与俗人言

　　释义:指只能和有识之士倾谈,与凡俗人说,对方根本不

　　　　会理会。

✿刻薄不赚钱,忠厚不折本

　　释义:对人过于苛刻,对自己也没好处;以诚待人总不会

　　　　吃亏。

✿刻薄不成家,理无久享

　　释义:享,受用。靠克剥攒积起来的家产,往往不能长久。

✿客来看火色,没茶也过得

　　释义:客人来时,装作忙着生火做饭,客人不好意思,茶也

　　　　不吃一样,立刻告辞。

✿肯学之人如禾稻,不学之人如蒿草

　　释义:勤奋上进之人能予人以实惠,懒惰的人无益于社会。

✿肯在热灶热火,不肯在冷灶添柴

释义:比喻专好趋炎附势,而不愿济困扶危。指势利人的
  卑劣行径。

✿苦海无边,回头是岸
  释义:佛教语。意指尘世如同苦海,无边无际,只有悟道,
   才能获得超脱。亦比喻罪恶虽重,只要悔改,便有
   出路。

✿苦尽甜来,否极还泰
  释义:事物发展到了极点则互相转化,苦难熬到了头,好
   日子即将来临。

✿快马一鞭,快人一言
  释义:比喻办事爽快,不拖拉,说到做到。

✿快棋慢马吊,纵高也不妙
  释义:下棋要慢,打马吊须快;如果相反,说明技艺不精,
   本领有限。

✿亏心折尽平生福,行短天教一世贫
  释义:为人昧心作恶,实际是给自己减福;上天自有报应,
   让他终生不得发迹。

✿困难久久,难不倒两只手
  释义:指困难无论多大多难,只要努力去做,就一定能克服。

L

❀来而不往非礼也

　释义:表示对别人施加于自己的行动将作出反应。

❀来者不善,善者不来

　释义:能来的定有胆量,没有胆量的不敢来。

❀癞蛤蟆想吃天鹅肉

　释义:比喻人没有自知之明,一心想谋取不可能到手的东西。

❀烂麻搓成绳,也能拉千斤

　释义:说明只要团结就有力量。

❀稂不稂莠不莠

　释义:既不像稂,也不像莠。比喻不成材,没出息。

❀浪子回头金不换

　释义:浪子,玩乐、游荡、不务正业的年轻人。比喻浪子悔
　　　　悟、重新做人比什么都珍贵。

❀老虎进了城,家家都闭门

　释义:比喻名声太坏,人们避之唯恐不及。

❀老虎屁股摸不得

　释义:比喻人骄傲自大,别人沾惹不得。

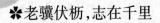

❋老骥伏枥,志在千里

　　释义:比喻人老心不老,仍然有雄心壮志。

❋老将出马,一个顶俩

　　释义:俩:两个,为概数,形容多。形容老年人经验丰富,

　　　　一个人能顶几个人。

❋大事未易议,小事不足为

　　释义:大的事情不便和他商议,小事情又不必烦劳他。

❋老王卖瓜,自卖自夸

　　释义:比喻人自我夸耀。

❋老要癫狂少要稳

　　释义:指年岁大的性情应该开朗,年轻人要少年老成。

❋冷练三九,热练三伏

　　释义:三九,冬季最冷的时候;三伏,夏季最热的时候。指

　　　　人在恶劣条件下锻炼才有成效。

❋离家三里远,别是一乡风

　　释义:指风俗习惯,随处而异。

❋离家一里,不如屋里

　　释义:出门在外饱经风霜,不比在家方便舒适。这多是劝

　　　　人不要为了经商赢利而常年奔波在外。

❋礼下于人,必有所求

释义:礼节过于谦恭卑下,一定另有所求。

✿礼有经权,事有缓急

释义:指旧时的礼教必须遵守,但也可据情变通;做事要根据和缓、急迫安排先后。

✿理不短,嘴不软

释义:有道理在先,说话就理直气壮了。

✿力能胜贫,谨能胜祸

释义:勤劳可以摆脱贫困,行事谨慎可以避免祸患。

✿力微休负重,言轻莫劝人

释义:力量小不要担重任,说话不被重视便不要去规劝别人。比喻凡事量力而行,不要做不能胜任的事。

✿利归众人,何事不成;利归一己,如石投水

释义:有好处大家都有份,那么没有办不成的事;如果好处一人独占,那么事情就像石头丢在水里,一点影响都没有。

✿利器入手,不可假人

释义:比喻一旦掌握权力,不能随便转假他人。

✿利之所在,无所不趋

释义:形容人之势利,凡有利可图的地方,竞相趋奉。

✿良材不终朽岩下,良剑不终秘匣中

释义:好的木材不会烂在山沟里,宝剑不可能永远闲置匣中。比喻有用之才不会长期埋没。

❀食禽择木而栖,贤臣择主而事

释义:好鸟选择适应的树木栖息,有才德的人应择英明之主为其效力。

❀良善被人欺,慈悲生患害

释义:性格软善易被人欺负,心肠太好反招来祸害。指做人过于仁慈则自己吃亏。

❀良田千顷,不如薄艺随身

释义:比喻财产再多,吃用得尽;身负一技之长,才能保持永久。

❀良药苦口利于病,忠言逆耳利于行

释义:有效的药物虽然苦口难吃,但有利于治病;忠诚的劝告听起来刺耳,但有利于端正行为。

❀两刃相割,利钝乃知

释义:比喻事物只有经过比较,才见出优劣。

❀两手擘开生死路,翻身跳出是非门

释义:形容从险境中脱出身来。

❀量大福亦大,机深祸亦深

释义:指气量大的人福分也大,算计太精明了招祸也深。

❀量小非君子,无毒不丈夫

　释义:指气度小的人当不了君子,对敌人不凶狠的人算不

　　　上大丈夫。

❀烈火见真金

　释义:真金是不怕烈火烧的,所以只有在烈火中才能鉴别

　　　出是不是真金。比喻在关键时刻最能考验人。

❀烈士暮年,壮心不已

　释义:烈士,志向远大的英雄;已,停止,衰减。英雄到了

　　　晚年,壮志雄心并不衰减。

❀邻居眼睛两面镜,街坊心头一杆秤

　释义:对于家庭情况、个人好坏,街坊邻居看得最清楚,心

　　　中最有数。

❀临财无苟得,临难无苟免

　释义:苟,随意。面对钱财不要随意攫为己有,碰到危难

　　　不要轻易逃避。意即不要见利忘义,要遇难而上。

❀临事而惧,好谋而成

　释义:惧,畏难;好,常习,不断。指遇事慎重,计划周密,

　　　事情才不会出错。

❀临崖立马收缰晚,船到江心补漏迟

　释义:比喻事情到了无法挽回的地步,再住手或补救已无

济于事。

✿临渊羡鱼，不如退而结网

释义:比喻要实现自己的目标，与其空想，还不如踏踏实实地去做。

✿临阵磨枪，不快也光

释义:比喻平时不做好准备，事到临头才想法应付，还是有一定作用的。

✿流泪眼逢流泪眼，断肠人遇断肠人

释义:形容苦难人相遇，各怀悲伤。

✿流水不腐，户枢不蠹

释义:腐，臭;枢，门轴;蠹，蛀。流动的水不会发臭，经常转动的门轴不会腐烂。比喻经常运动的东西不易受侵蚀。

✿流言止于智者

释义:没有根据的话，传到有头脑的人那里就不能再流传了。形容谣言经不起分析。

✿留得青山在，不愁没柴烧

释义:比喻只要基础或根本还存在，暂时遭受损失或挫折无伤大体。

✿留君千日，终须一别

释义:意为挽留亲朋好友时间再长,也终有离别的那一刻。

✿龙归沧海,虎入深山

释义:比喻只有在适合自己发挥特长的环境中才能有所作为。

✿龙居浅水遭虾戏,虎落平阳被犬欺

释义:比喻有本领的人一旦失去了活动条件,反遭弱者的侮弄。

✿龙生龙,凤生凤;鹌鹑对鹌鹑,乌鸦对乌鸦

释义:比喻男女的婚姻,要门当户对,高贵的配高贵的,微贱者找微贱者。

✿蝼蚁尚且贪生,为人怎不惜命

释义:蝼蚁微贱,尚惜生命;作为人,不要做无谓的牺牲。

✿鲁班虽巧 ,量力而行

释义:比喻一个人的能力再大,也是有限度的。

✿卤水点豆腐,一物降一物

释义:卤水加在豆汁内就可凝结为豆腐。比喻一种事物总会有另一种事物可以制伏它。

✿路逢险处难回避,事到头来不自由

释义:意思是路走至危险境地就得想法找出路,事情到了紧急关头不得不想法解决。

❀路见不平,拔刀相助

　　释义:在路上遇见欺负人的事情,就挺身而出帮助受害的
　　　　一方。旧时为人们所称道的一种侠义行为。

❀路遥知马力,日久见人心

　　释义:路途遥远才能知道马的力气大小,日子长了才能看
　　　　出人心的好坏。

❀吕端大事不糊涂

　　释义:喻指办事坚持原则。亦指在大是大非面前保持清
　　　　醒的头脑。

❀虑少梦自少,言稀过亦稀

　　释义:事情少考虑则少做梦,话少说则少出过错。

❀乱臣贼子,人人得而诛之

　　释义:对祸国殃民的坏蛋,每个人都可诛讨。

❀论大功者不录小过,举大美者不疵细瑕

　　释义:叙录一个人的大功时不应追究以往的小错,推荐做
　　　　了大好事的就不要再计较原先的小毛病。

❀落花有意,流水无情

　　释义:比喻这一方面有情,那一方面无意(多指男女恋爱)。

M

✽麻雀虽小,五脏俱全

　　释义:比喻事物体积或规模虽小,具备的内容却很齐全。

✽马鞍有失蹄,人有漏脚

　　释义:漏,疏漏。指在行进时,马鞍可能会失蹄,人可能会
　　　　　失脚。比喻人难免会有过失。

✽马善被人骑,人善被人欺

　　释义:马驯服了就会被人骑,人太善良了就会被人欺负。

✽马如龙,人似虎

　　释义:形容部队兵强马壮,士气高昂。

✽马行千里,无人不能自往

　　释义:马虽能走远路,也得有人驾驭。比喻人能力再强,
　　　　　没有人推荐也就发挥不了作用。

✽满地种姜,老者才辣

　　释义:比喻在众多厉害者中数老练者更厉害。

✽满怀心腹事,尽在不言中

　　释义:愁绪万千,大家不言明,都明白其中的意思。

✽满碗饭好吃,满口话难讲

源远流长的中华谚语

释义:形容不要把话说得太绝对了,要留有一定的余地。

✿满招损,谦受益

释义:自满会招致损失,谦虚可以得到益处。

✿满嘴仁义道德,一肚子男盗女娼

释义:指口头上讲得头头是道,冠冕堂皇;内心却奸诈丑
　　　恶,卑鄙无耻。

✿毛羽不成,不能多飞

释义:比喻力量未曾壮大,且不要动手干大事。

✿冒天下之大不韪

释义:冒,冒犯;不韪,不是,错误。去干普天下的人都认
　　　为不对的事情。指不顾舆论的谴责而去干坏事。

✿没有金刚钻,别揽瓷器活

释义:比喻没有真本领就不要承担难以完成的任务。

✿没有梧桐树,引不得凤凰来

释义:比喻要创设一个良好的环境,这样才能吸引人才。

✿没做亏心事,不怕鬼敲门

释义:没做过对不起别人的事,就不用害怕。

✿眉头搭上三横锁,心内频添万斛愁

释义:形容愁眉不展,忧心如焚。

✿眉头一皱,计上心来

释义:形容略一思考,猛然想出了一个主意。

❀每逢佳节倍思亲

释义:指远离家乡的人,每到节日,就会更加思念亲人。

❀美不美,乡中水;亲不亲,故乡人

释义:表现了人们热爱故乡、依恋乡土的真挚感情。

❀美景不长,良辰难再

释义:美丽的景物很快会消失,大好的时光逝而不返。劝人要珍惜光阴。

❀门门有路,路路有门

释义:比喻到处都有门路可走。以门路指疏通关节。

❀门内有君子,门外君子至

释义:主人品性高尚,互相往来的自然也是高尚的人。

❀迷者不问路,溺者不问遂

释义:迷路由于不问道,溺水由于事先不了解水情。比喻事情之失败,多由于不征询他人意见,自作主张所致。

❀米贵增钱买,无钱饿死人

释义:米价腾贵,有钱者可以添钱购买,穷苦的人只有饿死。

❀面结口头交,肚里生荆棘

释义:指表面上交情密切,心里却全是坏主意。

❀面目可憎,语言无味

释义:形貌令人厌恶,话语枯燥乏味。

✿面誉者不忠,饰貌者不情

释义:当面说奉承话的不是忠厚人,矫揉造作者没有真情。

✿民不畏死,奈何以死惧之

释义:老百姓本来把生死置之度外,何必再拿死来威吓。比

喻用人们已经经受过的办法来威胁,已起不了作用。

✿敏于事,慎于言

释义:敏,奋勉;慎,小心。办事勤勉,说话谨慎。

✿名不正,言不顺

释义:指名分不正或名实不符。

✿名师出高徒

释义:高明的师傅一定能教出技艺高的徒弟。比喻学识

丰富的人对于培养人才的重要。

✿明察秋毫之末,而不见舆薪

释义:眼力能看到一根毫毛的末梢,而看不到一车柴草。

比喻只看到小处,看不到大处。

✿明枪易躲,暗箭难防

释义:比喻公开的攻击容易躲避,暗地里的攻击难以防备。

✿明人点头即知,疾人棒打不晓

释义:指聪明人给以暗示就明白;呆傻人挨打也糊涂。

✿明是一盆火,暗是一把刀

　　释义:比喻表面上一团热情,背地里却使坏。

✿明修栈道,暗度陈仓

　　释义:比喻用一种假象迷惑对方,实际上却另有打算。

✿明有所不见,聪有所不闻

　　释义:眼睛再亮也有看不见的地方,耳朵再灵也有听不到

　　　　的消息。指任何人也不可能事事清楚。

✿明知山有虎,偏向虎山行

　　释义:指越艰险越向前。形容无所畏惧。

✿命里有时终归有,命里无时莫强求

　　释义:人的一生有没有钱财、名分是命里注定的,不能强求。

✿磨刀不误砍柴工

　　释义:磨刀花费时间,但不耽误砍柴。比喻事先充分做好

　　　　准备,就能使工作加快。

✿磨而不磷,涅而不缁

　　释义:磨了以后不变薄,染了以后不变黑。比喻意志坚定

　　　　的人不会受环境的影响。

✿魔高一尺,道高一丈

　　释义:魔,恶鬼;道,道行,道法。比喻正义始终压倒邪恶。

✿莫道桑榆晚,为霞尚满天

释义:比喻不要以为已经老了,而晚年的景象仍光辉夺目。

❀莫道人行早,更有早行人

释义:不要以为自己行动迅速,须知尚有动作更快的人。

❀莫图颜色好,丑妇家中宝

释义:娶媳妇不要光图漂亮,貌丑的常是最贤惠、最能持
　　　家的好手。

❀莫信直中直,须防仁不仁

释义:不要轻信表面似乎很爽直的人,也须提防他暗中使坏。

❀谋事在人,成事在天

释义:意思是自己已经尽力而为,至于能否达到目的,那
　　　就要看时运如何了。

❀牡丹虽好,全仗绿叶扶持

释义:比喻人不管有多大能耐,总得有人在旁协助。

❀木不离根,水不脱源

释义:比喻事物的发生发展都离不开本身的基础。

❀木不钻不透,人不激不发

释义:比喻做事有了促进的动力,勇气更足。

❀木从绳刚直,人从谏则圣

释义:木材按墨线下料就直;人能听取忠言为圣明。

N

✿拿着鸡蛋往石头上碰

　　释义：比喻不自量力或者自取灭亡。

✿拿贼要赃,拿奸要双

　　释义：比喻定罪要有根有据,赃证俱全。

✿男大当婚,女大当嫁

　　释义：指男女到了一定的年龄就应该结婚成家。

✿男儿未挂封侯印,腰下常挂带血刀

　　释义：比喻男子汉要建功立业,不到功成名就,誓不罢休。

✿男儿膝下有黄金

　　释义：指男子汉要自尊自重,不能轻易向人下跪、祈求。

✿男儿有泪不轻弹

　　释义：男子汉应该刚强,不能轻易掉眼泪。

✿难得者兄弟,易得者田地

　　释义：指亲兄弟情谊宝贵,田产勤劳便能挣得。不要因为
　　　　　争田产而破坏兄弟之情。

✿难者不会,会者不难

　　释义：做一件事,当没有学会的时候就会感到很难,但学

会之后,就不会感到困难了。

✿脑不怕用,身不怕动

释义:多动脑子,多活动身体,都能够带来好处。

✿嫩草怕霜霜怕日,恶人自有恶人磨

释义:比喻凶强的人自有更凶更强的人来治他。

✿能狼安敌众犬,好汉难打人多

释义:比喻本领再大,也架不住对方人多势众。

✿泥牛入海,永无消息

释义:泥捏的东西入海即化。比喻一去便无影踪。

✿逆水行舟,不进则退

释义:逆水,与行船方向相反的水流。顶着逆水行船,如不前
进,就会后退。比喻不努力向前,就一定会倒退。

✿年年防俭,夜夜防贼

释义:年年都要防灾荒,夜夜都要防盗贼。比喻事事勤
俭,刻刻小心。

✿鸟来投林,人来投主

释义:人新到一地须要投靠个依靠的人,像鸟找林木作栖
宿一样。

✿鸟穷则啄,兽穷则攫,人穷则诈

释义:鸟在窘急时拼命乱啄,兽遇危急时狠命扑抓,人到

走投无路时不得不使出欺诈手段。

❀鸟瘦毛长,人贫智短

　释义:鸟一瘦,毛便显得老;人在穷困时思想不活跃,办法少。

❀鸟随鸾凤飞能远,人伴贤良品自高

　释义:比喻生活在良好的环境中,受其影响,人的品德也

　　　会随之提高。

❀宁拆十座庙,不拆一门亲

　释义:宁可毁庙得罪神灵,也不能拆散别人的家庭和婚

　　　姻。指拆散一对夫妻会有很大的罪过。

❀宁逢恶宾,勿逢故人

　释义:凶恶的客人,打发了就完事;而那些老友乡故则知

　　　道自己的底细,免不了要说出来,故不见为好。

❀宁逢虎摘三生路,休遇人前两面刀

　释义:宁愿碰着老虎挡住投生的去路,也不要交个两面三

　　　刀的朋友。即千万不要和耍阴谋诡计的人往来。

❀宁给饥人一口,不送富人一斗

　释义:比喻帮人帮在当口上。

❀宁叫做过,莫要错过

　释义:尽可能去尝试一下,决不要错过机会。

❀宁教我负天下人,休教天下人负我

释义:宁愿自己亏负于人,不允许别人亏负自己。指为人心狠无情。

✿**宁进一寸死,毋退一尺生**

释义:比喻宁可冒死勇往直前,也绝不往后退以苟且偷生。

✿**宁可自骨苦,不叫面皮羞**

释义:宁可生活清苦一点,也不能受侮辱,更不能做有失自己尊严的事。

✿**宁可信其有,不可信其无**

释义:宁肯相信的确有其事,也不轻易认为没有其事。指要作最坏打算,才能做到有备无患。

✿**宁可一不是,不可两无情**

释义:最好有一方认错,事情就得到解决;不要弄得双方互不相让,越闹越僵。

✿**宁可站着死,也不屈辱生**

释义:指宁肯为了正义献身,决不忍辱偷生。

✿**宁失千金,毋失人心**

释义:指人心的向背比金子的得失更为重要。

✿**宁为鸡口,不为牛后**

释义:牛后,牛的肛门。宁愿做小而洁的鸡嘴,而不愿做大而臭的牛肛门。比喻宁在局面小的地方自主,不愿在局面大的地方听人支配。

✿宁为玉碎,不为瓦全

　　释义:宁做玉器被打碎,不做瓦器而保全。比喻宁愿为正
　　　　义事业牺牲,不愿丧失气节,苟且偷生。

✿宁愿人负我,不愿我负人

　　释义:负,负约,背弃诺言。指宁愿别人失信,对不起自
　　　　己;也不能自己失信,对不起别人。

✿宁走十步远,不走一步险

　　释义:比喻做事要求稳当,不要怕麻烦;不求急于求成,致
　　　　使坏事。

✿驽马十驾,功在不舍

　　释义:比喻即使迟钝,只要勤勉去做,自会成功。

✿怒从心头起,恶向胆边生

　　释义:比喻愤怒到极点就会胆大得什么事都干得出来。
　　　　也泛指恼怒到极点。

✿怒从羞起,恶向胆生

　　释义:因恼羞而成怒,恨极而心横。

✿女为悦己者容

　　释义:比喻为识己的人效力。

P

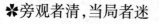

❀旁观者清,当局者迷

  释义:指一旁围观的人看得清楚,但当事人很糊涂。

❀跑得了和尚,跑不了庙

  释义:出了事情,逃避不了责任。

❀赔了夫人又折兵

  释义:比喻想占便宜,反而受到双重损失。

❀蓬生麻中,不扶自直

  释义:蓬昔日长在大麻田里,不用扶持,自然挺直。比喻
      生活在好的环境里,得到健康成长。

❀皮之不存,毛将焉附

  释义:焉,哪儿;附,依附。皮都没有了,毛往哪里依附呢?
      比喻事物失去了借以生存的基础,就不能存在。

❀偏怜之子不保业,难得之妇不主家

  释义:比喻娇惯的人不成器。

❀偏听成奸,独任成乱

  释义:只听一面之词,处理问题时往往发生偏差;权力任
      之过大,会因控制不住而成为乱阶。

❀贫不学俭,富不学奢

释义:穷了不用去学俭,自然而然地会节省起来;有了钱即使不讲奢侈,也会自然地摆起阔来。

❀贫贱之交不可忘,糟糠之妻不下堂

释义:指人不能因为一时富贵而忘恩背义。

❀贫居闹市无人问,富在深山有远亲

释义:人若穷了,即使住在闹市里也不会有人理睬;人若富了,就是住在深山也有远亲来巴结、奉承。

❀贫无本,富无根

释义:人生的富贵、贫贱不是生来如此,都是可以改变的。

❀平生不做亏心事,夜半敲门心不惊

释义:指没有做不道德的事,就不害怕有人来找麻烦。

❀平时不烧香,急来抱佛脚

释义:原比喻平时不往来,遇有急难才去恳求。后多指平时没有准备,临时慌忙应付。

❀破鼓乱人捶,墙倒众人推

释义:比喻人失势受到大家的欺侮。

❀铺张浪费,穷困后悔

释义:浪费会导致穷困,这是劝人要节俭。

Q

✽棋错一着,满盘皆输

释义:指走错了一步棋,全盘都会输。比喻在关键之处处
　　理不当,就会前功尽弃。

✽棋逢对手,将遇良才

释义:比喻双方本领相当,彼此不敢轻视。

✽七次量衣一次裁

释义:比喻事先的调查研究工作做得十分充足。

✽七年之病,求三年之艾

释义:病久了才去寻找治这种病的干艾叶。比喻凡事要
　　平时准备,事到临头再想办法就来不及。

✽棋高一着,缚手缚脚

释义:本指棋艺,后比喻技术高人一头,对方就无法施展
　　本领。

✽千里不同风,百里不同俗

释义:指各地各有各的风俗习惯。

✽千里送鹅毛,礼轻人意重

释义:比喻从很远的地方送来的礼物,虽然微不足道,但

情意却极为深厚。

❋千里之堤,溃于蚁穴

　　释义:堤,堤坝;溃,崩溃;蚁穴,蚂蚁洞。一个小小的蚂蚁洞,
　　　　可以使千里长堤溃决。比喻小事不慎将酿成大祸。

❋千里之行,始于足下

　　释义:走一千里路,是从迈第一步开始的。比喻事情的成
　　　　功,是从小到大逐渐积累起来的。

❋千人千样,万物万状

　　释义:形容世上的人物、事物都是千姿百态,各不相同的。

❋牵一发而动全身

　　释义:比喻动极小的部分就会影响全局。

❋谦虚使人进步,骄傲使人落后

　　释义:劝诫人应该谦虚,只有虚心学习,才会进步。

❋前门拒虎,后门进狼

　　释义:比喻赶走了一个敌人,又来了一个敌人。

❋前人失脚,后人把滑

　　释义:比喻吸取人家失败的教训,小心谨慎,免得再失事。

❋前人栽树,后人乘凉

　　释义:比喻前人为后人造福。

❋前事不忘,后事之师

释义:师,借鉴。记取从前的经验教训,作为以后工作的借鉴。

❋钱财如粪土,仁义值千金

释义:粪土,指不值钱的东西;仁义,仁义和正义。把钱财看得如同粪土一样轻贱,把仁义看得就像千两黄金一样贵重。

❋强中更有强中手

释义:比喻技艺无止境,不能自满自大。

❋窃钩者诛,窃国者侯

释义:偷钩的要处死,篡夺政权的人反倒成为诸侯。旧时用以讽刺法律的虚伪和不合理。

❋亲不过父母,近不过夫妻

释义:指父母对儿女的感情最深,夫妻间的关系最亲近。

❋青出于蓝而胜于蓝

释义:青从蓝草中提炼出来,但颜色比蓝草更深。

❋青山不老,绿水长存

释义:指未来的日子还很长。多表示以后还大有作为。

❋清官难断家务事

释义:指家庭纠纷复杂,外人难以判别是非。

❋清者自清,浊者自浊

释义:指水清的自然清,污浊的自然污浊。比喻善和恶是客观存在,混淆不了的。

✿庆父不死,鲁难未已

释义:不杀掉庆父,鲁国的灾难不会停止。比喻不清除制造内乱的罪魁祸首,就得不到安宁。

✿穷家难舍,熟地难离

释义:形容舍不得离开家乡、家庭。

✿茕茕孑立,形影相吊

释义:茕茕,孤独的样子;孑,孤单;形,指身体;吊,慰问。孤身一人,只有和自己的身影相互慰问。形容无依无靠,非常孤单。

✿求大同,存小异

释义:在大的、主要的方面取得一致,而对某些小的、次要的问题可以各自保留不同的意见。

✿拳不离手,曲不离口

释义:练武的人应该经常练,唱歌的人应该经常唱。比喻只有勤学苦练,才能使功夫纯熟。

✿拳头上立得人,胳膊上走得马

释义:比喻为人清白,作风正派,过得硬。

R

✲人不犯我，我不犯人

释义：犯，侵犯。人家不侵犯我，我也不侵犯人家。

✲人不可有傲气，但不可无傲骨

释义：一个人不可以骄傲自负，但是需要有志气，有骨气。

✲人而无信，不知其可

释义：信，信用；其，那；可，可以，行。一个人不讲信用，真不知道怎么能行。指人不讲信用是不行的。

✲人非圣贤，孰能无过

释义：旧时指一般人犯错误是难免的。

✲人逢喜事精神爽，月到中秋分外明

释义：人遇到喜庆之事则心情舒畅，就像月亮到了中秋分外明亮一样。

✲人过留名，雁过留声

释义：一个人要做好人好事，那么，在离开或者去世后，就能够留下个好名声。

✲人没有朋友，就像树没有根

释义：每一个人都需要有朋友的帮助。

❀人挪活,树挪死

释义:指换一个生活环境会给人带来生机。

❀人怕丢脸,树怕剥皮

释义:指人怕丢面子,就像树怕被剥了皮一样。

❀人情似纸张张薄,世事如棋局局新

释义:比喻人情冷淡,世事多变。

❀人勤病就懒,人懒病来勤

释义:人勤劳了,手脚得到运动了,体质自然好了,也就不
容易得病了;相反,人越懒惰,病也就越多。

❀人生不如意事常八九

释义:在人的一生中,不顺心的事情会有很多。

❀人生何处不相逢

释义:指人与人分手后总是有机会再见面的。

❀人生七十古来稀

释义:稀,稀少。七十岁高龄的人从古以来就不多见。指
得享高寿不易。

❀人生如朝露

释义:朝露,早晨的露水,比喻存在的时间短。比喻人生
短促。

❀人是实的好,姜是老的辣

释义:指做人要实实在在才好。

✿ **人同此心,心同此理**

释义:指合情合理的事,大家想法都会相同。

✿ **人往高处走,水往低处流**

释义:指人总是希望过上幸福美好的生活。也指人总是
　　　有积极向上努力进取的。

✿ **人为财死,鸟为食亡**

释义:意思是为了追求金钱,连生命都可以不要。

✿ **人为刀俎,我为鱼肉**

释义:刀俎:刀和刀砧板,宰割的工具。比喻生杀的权掌
　　　握在别人手里,自己处在被宰割的地位。

✿ **人无远虑,必有近忧**

释义:虑,考虑;忧,忧愁。人没有长远的考虑,一定会出现眼
　　　前的忧患。表示看事做事应该有远大的眼光、周密的
　　　考虑。

✿ **人心齐,泰山移**

释义:只要大家一心,就能发挥出极大的力量。

✿ **人有脸,树有皮**

释义:人要脸面,像树要有树皮一样。指人人都有自尊心。

✿ **人争一口气,佛争一炷香**

释义:意为人生在世,要争一口气,如同供在庙里的佛,要争一股香一样。指人不能忍受欺侮。

✿人之将死,其言也善

释义:人到临死,他说的话是真心话,是善意的。

✿仁者见仁,智者见智

释义:仁者见它说是仁,智者见它说是智。比喻对同一个问题,不同的人从不同的立场或角度有不同的看法。

✿任凭风浪起,稳坐钓鱼台

释义:指在艰难险阻面前仍保持沉着镇定。

✿日计不足,岁计有余

释义:每天算下来没有多少,一年算下来就很多了。比喻积少成多。也比喻凡事只要持之以恒,就能有很大收获。

✿日近长安远

释义:长安,西安,古都城名,后为国都的统称。旧指向往帝都而不能达到。

✿日久见人心

释义:日子长了,就可以看出一个人的为人怎样。

✿日日行,不怕千万里;常常做,不怕千万事

释义:哪怕有千万里路,只要每天坚持走,就一定能走完;

哪怕有千万件事,只要每天坚持做一点,就不怕完
不成。

✿日有所思,夜有所梦

释义:白天做过的事,晚上就会梦见。

✿日月经天,江河行地

释义:太阳和月亮每天经过天空,江河永远流经大地。比
喻人或事物的永恒、伟大。

✿如人饮水,冷暖自知

释义:泛指自己经历的事,自己知道甘苦。

✿如闻其声,如见其人

释义:像听到他的声音,像见到他本人一样。形容对人物
的刻画和描写非常生动逼真。

✿入门休问荣枯事,观看容颜便得知

释义:意为进门不要贸然问其家境的兴衰,只要看主人的
脸色就可得知。

✿瑞雪兆丰年

释义:瑞,吉利的。适时的冬雪预示着来年是丰收之年。

✿若要人不知,除非己莫为

释义:要想人家不知道,除非自己不去做。指干了坏事终
究要暴露。

S

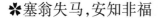

✽塞翁失马,安知非福

　　释义:比喻虽然暂时受到损失,但最后可能会带来好处。
　　　　也指祸福难测,好事和坏事可互相互转化。

✽三百六十行,行行出状元

　　释义:比喻各行各业都可以出能手和专家,都可以做出优
　　　　异成绩。

✽三寸鸟,七寸嘴

　　释义:比喻能说会道(多用于讽刺)。

✽三分像人,七分像鬼

　　释义:形容人长相十分丑陋,或因瘦弱、疲惫不堪而几乎
　　　　没有人样。

✽三个臭皮匠,赛过诸葛亮

　　释义:比喻人多智慧多,有事请经过大家商量,就能商量
　　　　出一个好办法来。

✽三军可夺帅,匹夫不可夺志

　　释义:三军,古指上、中、下三军;匹夫,指平常人。指可以
　　　　夺得三军的元帅,却不能改变平常人的志向。

✽三军易得，一将难求

释义：三军的兵士容易获得，但统领三军的将帅却难以获求。指选择主帅非常难。

✽三年清知府，十万雪花银

释义：清，清廉；知府，明清两代称府一级的最高行政长官；雪花银，纯白的银子，即白银。指虽然只做了三年"清廉"的知府，却可以捞十万两白银。讽刺标榜廉洁的官员，实际上也在大肆榨取民脂民膏。

✽三人行，必有我师

释义：三个人一起走路，其中必定有人可以作为我的老师。指应该不耻下问，虚心向别人学习。

✽三人一条心，黄土变成金

释义：意指只有齐心合作，才能够创造出令人吃惊的业绩或财富。

✽三日打鱼，两日晒网

释义：比喻对学习、工作没有恒心，经常中断，不能长期坚持。

✽三十六计，走为上计

释义：原指无力抵抗敌人，以逃走为上策。指事情已经到了无可奈何的地步，没有别的好办法，只能出走。

✽三十年河东，三十年河西

释义:三十年前风水在河的东面,而三十年后却在河的西面。比喻世事变化,盛衰无常。

�֎三思而后行

释义:三,再三,表示多次。指经过反复考虑,然后再去做。

✖三天不打,上房揭瓦

释义:指对某些人,几天不管教,就会出乱子,闹翻天。

✖三天打鱼,两天晒网

释义:比喻对学习、工作没有恒心,经常中断,不能长期坚持。

✖三折肱,为良医

释义:几次断臂,就能懂得医治断臂的方法。后比喻对某事阅历多,富有经验,自能造诣精深。

✖杀鸡给猴看

释义:比喻以杀一惩百的威胁手段达到警告别人的目的。

✖杀鸡焉用牛刀

释义:杀只鸡何必用宰牛的刀。比喻办小事情用不着花大气力。

✖山锐则不高

释义:比喻人太露锋芒,就成不了大事。

✖山上无老虎,猴子称大王

释义:比喻没有能人,普通人物亦充当主要角色。

✿山阴道上,应接不暇

　　释义:山阴道,在会稽城西南郊外,那里风景优美。原指一路上山明水秀,看不胜看。后用下句比喻来往的人多,应接不过来。

✿山雨欲来风满楼

　　释义:欲,将要。比喻局势将有重大变化前夕的迹象和气氛。

✿山再高高不过两只脚

　　释义:比喻困难再大,只要努力去实践,最后还是会被战胜的。

✿山都有自己的斜坡,人都有自己的性格

　　释义:世界万物各有特征,所有的人也各有不同性格。

✿山外有山,天外有天

　　释义:比喻杰出的人物之外还有更杰出的。告诫人们不能自满,要谦虚谨慎。

✿山中无老虎,猴子充霸王

　　释义:指在没有高手和能人的时候,庸人也能称强。

✿善恶有报,迟速有期

　　释义:旧指不管是做了好事还是做了坏事都会有报应,只是时间早晚而已。佛家劝人弃恶从善的口头语。

✿善有善报,恶有恶报

释义:好人能得到好的报应,坏人必定得到处罚。

✿上不着天,下不着地

释义:比喻两头没有着落。

✿上梁不正下梁歪

释义:上梁,指上级或长辈。比喻在上的人行为不正,下
　　面的人也跟着做坏事。

✿上天无路,入地无门

释义:形容无路可走的窘迫处境。

✿上无片瓦,下无立锥之地

释义:形容一无所有,贫困到了极点。

✿少吃多滋味,多吃坏肚子

释义:吃得少能品尝出食物的滋味,吃得太多,就会消化
　　不良,损伤肠胃。

✿少年不努力,老大徒伤悲

释义:指年轻的时候不努力进取,到老了仍一事无成,只
　　能徒自悲伤,后悔莫及。

✿少年夫妻老来伴儿

释义:年轻时结为夫妻,年老时相互陪伴。指夫妻之间到
　　老年时更需要相互照顾,彼此做伴。

✿蛇化为龙,不变其文

释义:比喻无论形式上怎样变化,实质还是一样。

❀舍不得金弹子,打不下金凤凰

释义:比喻不付出大的代价,就不可能获得大的利益。

❀舍得一身剐,敢把皇上拉下马

释义:比喻再难的事,拼着一死也能干下去。

❀身安抵万金

释义:身体健康平安抵得上万两黄金。

❀身在曹营心在汉

释义:比喻身子虽然在对立的一方,但心里想着自己原来
所在的一方。

❀身在江湖,心悬魏阙

释义:魏阙,古代宫门外高大的建筑,用作朝廷的代称。
旧指解除官职的人,仍惦记着进朝廷的事。后常用
以讽刺迷恋功名富贵的假隐士。

❀神而明之,存乎其人

释义:要真正明白某一事物的奥妙,在于各人的领会。

❀生当为人杰,死亦为鬼雄

释义:指活着要做人中的豪杰;死后要也做鬼中的英雄。

❀胜败兵家常事

释义:指对于打仗的人来讲,打胜仗和打败仗都是很平常的

事情。多指世上没有常胜将军,不要因一时失利而灰心丧气。

❋胜不骄,败不馁

释义:馁,丧气。胜利了不骄傲,失败了不气馁。

❋盛名之下,其实难副

释义:盛,大;副,相称,符合。名望很大的人,实际的才德常是很难跟名声相符。指名声常常可能大于实际。用来表示谦虚或自我警戒。

❋失败是成功之母

释义:指失败中孕育着成功。指成功往往是从失败中吸取教训、总结经验之后取得的。

❋失之东隅,收之桑榆

释义:东隅,东方日出处,指早晨;桑、榆,指日落处,也指日暮。比喻开始在这一方面失败了,最后在另一方面取得胜利。

❋失之毫厘,谬以千里

释义:毫、厘,两种极小的长度单位。开始稍微有一点差错,结果会造成很大的错误。

❋师傅领进门,修行在个人

释义:指师傅只能起引导作用,想要取得成功还要靠自己刻苦学习。

❀虱子多不痒,债多不愁

释义:指欠债多了,无力偿还,反而不发愁,就像虱子多了,被咬习惯了,反倒不觉得痒了。

❀十个儿子十个相

释义:即使是同个父母所生的儿子,长相也不同。

❀十年生聚,十年教训

释义:生聚,繁殖人口,聚积物力;教训,教育,训练。指军民同心同德,积聚力量,发愤图强,以洗刷耻辱。

❀十年树木,百年树人

释义:树,培育。指培植树木大约需要十年,培育人才大约需要百年。比喻培育人才是长久计;也比喻培育人才很不容易。

❀十日一水,五日一石

释义:比喻作画构思精密,不轻易下笔。

❀识时务者为俊杰

释义:意思是能认清时代潮流的,是聪明能干的人。认清时代潮流势,才能成为出色的人物。

❀食不厌精,脍不厌细

释义:厌,满足;脍,细切的肉。粮食舂得越精越好,肉切得越细越好。形容食物要精制细做。

✿使功不如使过

　　释义:使,用。使用有功绩的人,不如使用有过失的人,使
　　　　其能将功补过。

✿士可杀,不可辱

　　释义:指有才识的人宁可死也不愿受辱,意为重气节。

✿士为知己者死,女为悦己者容

　　释义:男子愿为信任自己的人献身,女子愿为喜爱自己的
　　　　人打扮。

✿士别三日,当刮目相待

　　释义:指别人已有进步,不能再用老眼光去看他。

✿世情看冷暖,人面逐高低

　　释义:指人世间感情的好坏,要看人地位的高低、钱财的
　　　　多少而定,对地位有钱的人溜须巴结,对地位低没
　　　　钱的人冷淡疏远。

✿世上无难事,只怕有心人

　　释义:有心人,肯动脑筋的人。指世上没有办不成的事
　　　　情,只要肯下苦功去做,任何困难都能克服。

✿事不关己,高高挂起

　　释义:认为事情与己无关,把它搁在一边不管。

✽事上本无事,庸人自扰之

释义:庸人,平常人,不高明的人。意为平庸的人总没事
找事自寻烦恼。

✽事实胜于雄辩

释义:事情的真实情况。比喻雄辩更有说服力。

✽是可忍,孰不可忍

释义:是,这个;孰,那个。如果这个都可以容忍,还有什
么不可容忍的呢? 意思是绝不能容忍。

✽是福不是祸,是祸躲不过

释义:指是福就变不成祸,是祸就无法躲过。

✽是粥是水,揭开锅盖

释义:比喻揭开表面现象就能明白事物的真相。

✽守如处女,出如脱兔

释义:处女,未嫁的女子;脱兔,逃跑的兔子。指军队未行
动时像未出嫁的姑娘那样持重;一行动就像飞跑的
兔子那样敏捷。

✽受人之托,忠人之事

释义:接受了别人的委托,就应该尽力把人家的事情办好。

✽瘦死的骆驼比马还大

释义:比喻大户人家处境再困境,乃至衰败,也比一般人

家强。

✽书山有路勤为径,学海无涯苦作舟

释义:径,门径;涯,水边。攀登书山要以勤奋为路径,横渡学海要以刻苦作为渡船。指只有勤奋学习,才会有渊博的知识。

✽书同文,车同轨

释义:车轨相同,文字相同。比喻国家统一。

✽熟能生巧,巧能生精

释义:巧,技巧。指事情熟悉了之后就能找到其中的窍门,进而提高技巧。

✽蜀中无大将,廖化作先锋

释义:比喻办事缺乏好手,让能力一般的人出来负责。

✽树高千尺,落叶归根

释义:指树再高,枯叶还是要落在树根周围。比喻漂泊在异乡的人,终究要返回故里。

✽树叶子掉下来都怕打了头

释义:形容一个人胆子特别小。

✽树欲静而风不止,子欲养而亲不待

释义:树想要静下来,风却不停地刮着。孩子想孝顺父母,可是父母已经不在了。原比喻事情不能如人的心愿。现也比喻阶级斗争不以人们的意志为转移。

❈水可载舟,亦可覆舟

　释义:比喻在平时要想到可能发生的困难和危险。

❈水来土掩,兵来将挡

　释义:比喻不管遇到什么情况,自有办法应付。

❈水是故乡清,月是故乡明

　释义:故乡的水最清纯,故乡的月最明亮。形容人民对故
　　　　乡的赞美、喜爱之情。

❈水有深浅,人有长短

　释义:指每个人都有自己的长处和短处。

❈顺我者昌,逆我者亡

　释义:顺,顺从;昌,昌盛;逆,违背;亡,灭亡。顺从我的就
　　　　可以存在和发展,违抗我的就叫你灭亡。形容剥削
　　　　阶级的独裁统治。

❈说到曹操,曹操就到

　释义:比喻说到某人,某人恰巧来到。指不期然的巧合。

❈说一是一,说二是二

　释义:说怎样就怎样,不能更改。

❈司马昭之心,路人皆知

　释义:路人,路上的人,指所有的人。比喻人所共知的野心。

✽四海之内皆兄弟

释义:世界各国的人民都像兄弟一样。

✽四体不勤,五谷不分

释义:四体,指人的两手两足;五谷,通常指稻、黍、稷、麦、菽。指不参加劳动,不能辨别五谷。形容脱离生产劳动,缺乏生产知识。

✽送君千里,终有一别

释义:与朋友告别,相送再远,也终究是要彼此分开的。

✽虽死之日,犹生之年

释义:犹,如同。指人虽死,精神不灭,楷模犹存。也指心无牵挂、憾事,虽死犹同活着。

✽岁寒知松柏

释义:寒冬腊月,方知松柏常青。比喻只有经过严峻的考验,才能看出一个人的品质。

✽孙悟空十八个筋斗,逃不出如来佛手心

释义:比喻有再大的本领也无法改变命运。

✽损人不利己

释义:损害别人对自己也没有好处。

T

✿踏破铁鞋无觅处,得来全不费工夫

释义:比喻急需的东西费了很大的力气找不到,却在无意
中得到了。

✿太岁头上动土,虎口里边拔牙。

释义:比喻触犯强者,将会自取祸殃。

✿台上三分钟,台下十年功

释义:意思是演员在台上表演的时间是比较短暂的,而在
台下却要花费很长的时间苦练技艺。

✿泰山压顶不弯腰

释义:指在沉重的压力面前,决不屈服。

✿探囊取物,手到拈来

释义:比喻容易做到或得到。

✿堂上一呼,阶下百诺

释义:诺,答应。堂上一声呼唤,阶下齐声答应。多形容
旧时豪门权贵威势显赫,侍从和奉承的人很多。

✿螳螂捕蝉,黄雀在后

释义:螳螂正要捉蝉,不知黄雀在它后面正要吃它。比喻

目光短浅,只想到算计别人,没想到别人在算计他。

✤桃李不言,下自成蹊

　　释义:原意是桃树不招引人,但因它有花和果实,人们在它下面走来走去,走成了一条小路。比喻人只要真诚、忠实,就能感动别人。

✤桃养人,杏伤人,李子树下埋死人

　　释义:养,滋补。指吃桃能补充人体营养,杏子吃多了对人体有害,李子吃多了会丧命。

✤天不言自高,地不言自低

　　释义:品德高尚的人不说自己高尚,品德低贱的人也不说自己低贱。

✤天低吴楚,眼空无物

　　释义:吴楚,泛指长江中下游。原指登上南京城,一眼望去,越远越觉得天下垂,除见苍天之外,空无所有。现也比喻一无所见。

✤天上无云不下雨,地上无媒不成婚

　　释义:世上没有媒人说合就结不成婚,就像天上没有乌云就不下雨一样。指事情要有人去做才会成功。

✤天时不如地利,地利不如人和

　　释义:指天时好不如好的地理形势,好的地理形势,不如人民和睦团结。

❀天塌下来,自有长的撑住

释义:长的,高个的人,引申为有本领的人。比喻出了问题,总会有能人出来收拾局面。

❀天网恢恢,疏而不漏

释义:意思是天道公平,作恶就要受惩罚,它看起来似乎很不周密,但最终不会放过一个坏人。比喻作恶的人逃脱不了国法的惩处。

❀天下本无事,庸人自扰之

释义:指本来没有事,自己瞎着急或自找麻烦。

❀天下无不是的父母

释义:是,正确。指世上做父母的没有不对的。

❀天下无难事,只怕有心人

释义:指只要有志向,有毅力,没有什么办不到的事情。

❀天下兴亡,匹夫有责

释义:国家的兴盛或衰亡,每个普通人都有一份责任。

❀天有不测风云,人有旦夕祸福

释义:不测:料想不到。比喻有些灾祸的发生,事先是无法预料的。

❀跳到黄河洗不清

释义:指黄河水中有大量的泥沙,跳到黄河里要洗净身上的污秽是不可能的。比喻无法摆脱嫌疑,冤屈无法申诉。

✿铁杵磨绣针,功到自然成

释义:比喻再难的事,只要下苦功夫就能成功。

✿听君一席话,胜读十年书

释义:胜,超过。与有学问有思想的人对话,超过苦读十年书的收获。形容思想上收益极大。

✿听其言而观其行

释义:听了他的话,还要看他的行动。指不要只听言论,还要看实际行动。

✿天不生无禄之人,地不长无名之草

释义:人既降生于世,自有他该享有的一份;地上长出来的草,定然有它的名称。指每人都有挣钱吃饭的一份工作。

✿天不言自高,地不言自卑

释义:卑,低下。比喻好坏自有公论,不在自我夸称。

✿天下兴亡,匹夫有责

释义:匹夫,指普通百姓。指国家的兴盛和衰亡,每个人都有责任。

❀天有不测风云,人有旦夕祸福

　　释义:风云,风和云,指天气;旦夕,早晨和晚上,指短暂的
　　　　时间;祸福,这里偏指祸。就像天上有不能预测的
　　　　风云一样,人也会有暂时或突然发生的灾祸。指人
　　　　的祸福就像天气一样变化无常,难以预料。

❀天子犯法,与庶民同罪

　　释义:指即使皇帝犯了法,也要同老百姓一样治罪。比喻
　　　　在法律面前,人人平等。

❀天作孽,犹可违;自作孽,不可逭

　　释义:孽,坏事;逭,逃避。客观造成的过错,自己尚可改
　　　　变;自己造成的罪过,自己避免不了恶果。

❀天网恢恢,疏而不漏

　　释义:天道像一面广阔而稀疏的大网,任何恶人都难逃它
　　　　的惩罚。现多指坏人难逃法律制裁。

❀同病相怜,同忧相救

　　释义:形容有着相同遭遇的人相互同情、互相帮助。

❀同生死,共存亡

　　释义:形容彼此间利害一致,生死与共。

❀同声相应,同气相求

　　释义:同类的事物相互感应。指志趣、意见相同的人互相

响应,自然地结合在一起。

✽铜盆撞了铁扫帚,恶人自有恶人磨

释义:比喻厉害的人自然会有更厉害的人来制服。

✽偷风不偷月,偷雨不偷雪

释义:盗贼一般挑选刮风或下雨天作案,在明月夜,下雪
天不行动。前者可以掩盖行踪,后者容易暴露痕
迹。指盗贼利用有利于偷窃的天气作案。

✽头痛医头,脚痛医脚

释义:比喻被动应付,对问题不作根本彻底的解决。

✽图穷匕首见

释义:图,地图;穷,尽;见,现。比喻事情发展到最后,真
相或本意显露了出来。

✽兔子急了也会咬人

释义:比喻温和善良的人被逼无奈时,也会奋不顾身起来
反抗。

✽兔死狗烹,鸟尽弓藏

释义:比喻为统治者拼死效力的人,功成后被杀戮或被弃
置不用。

W

❈瓦罐不离井上破,将军难免阵中亡

　　释义:指井口打水的瓦罐容易打碎,沙场上征战的将军难

　　　　免在对阵中伤亡。比喻常处险地,难免会出事。

❈玩人丧德,玩物丧志

　　释义:指戏弄别人会丧失自己的道德,玩赏宠物会迷失志向。

❈万般皆是命,半点不由人

　　释义:指人生的一切都是命里注定的,自身无法做主。

❈万般皆下品,唯有读书高

　　释义:旧时认为各行各业都是低贱的,只要读书最高尚,

　　　　因读书可以做官,可以享尽荣华富贵。

❈万变不离其宗

　　释义:宗,宗旨、目的。尽管形式上变化多端,其本质或目

　　　　的不变。

❈万事开头难

　　释义:指无论做任何事情,开头往往是最难的。

❈万事俱备,只欠东风

　　释义:用以比喻要做某事,其他条件均已具备,只差最后

一个关键条件。

❀万丈高楼从地起

释义:不论建多高的楼房,都是从打地基开始。比喻不论
做任何事情,都必须打好基础。

❀王顾左右而言他

释义:指离开话题,回避难以答复的问题。

❀望山跑死马

释义:意谓能看见山峰,以为不远了,实际上还很遥远。
比喻看起来临近目的地,但实际上还很远。

❀为富不仁,为仁不富

释义:旧时指要发财致富就不能仁爱,要仁爱就不能发财
致富。

❀为虺弗摧,为蛇若何

释义:虺,小蛇;弗,不;摧,消灭。小蛇不打死,大了就难
办。比喻不乘胜将敌人歼灭,必有后患。

❀温良恭俭让

释义:原意为温和、善良、恭敬、节俭、忍让这五种美德。
这原是儒家提倡待人接物的准则。现也形容态度
温和而缺乏斗争性。

❀文不能安邦,武不能定国

释义:比喻不成才或什么也不能干。

❋文武之道,一张一弛

释义:文、武,指周文王和周武王。意思是宽严相结合,是文王武王治理国家的方法。现用来比喻生活的松紧和工作的劳逸要合理安排。

❋闻名不如见面,见面胜似闻名

释义:指听到某人名声,不如见到本人;见到本人,感到比听说的更好。

❋我不入地狱,谁入地狱

释义:地狱,某些宗教指人死后灵魂受苦刑的地方。意谓在关键时刻,明知是火坑,也要做出必要的牺牲来成全别人。比喻为某种事也甘愿冒险或牺牲。

❋卧榻之旁,岂容他人鼾睡

释义:自己的床铺边,怎么能让别人呼呼睡大觉?比喻自己的势力范围或利益不容许别人侵占。

❋乌龟不笑鳖,都在泥里歇

释义:乌龟和鳖都生活在泥里,处境都一样,谁也不要讥笑谁。

❋乌头白,马生角

释义:比喻不可能出现的事。

❋乌有反哺之义,羊有跪乳之恩

　　释义:反哺,小乌鸦长大后,衔食喂母鸦;跪乳,羊羔总是
　　　　跪着吃奶。比喻子女长大之后应该赡养孝敬父母。

❋屋漏偏遭连夜雨,船破又遇顶头风

　　释义:形容灾祸接连不断地降临。

❋无风不起浪

　　释义:比喻事情发生,总有个原因。

❋无功不受禄

　　释义:禄,古代官吏的俸禄。旧指没有功劳就不能接受俸
　　　　禄。现指没有为别人做事,就不能接受馈赠。

❋无官一身轻,有子万事足

　　释义:没有公务缠身,便觉得全身轻松,有了子孙就万事
　　　　满足。古代官吏去职后自我宽慰的话。

❋无可奈何花落去

　　释义:对春花的凋落感到没有办法。形容留恋春景而又无法
　　　　挽留的心情。后来泛指怀念已经消逝了的事物的惆怅
　　　　心情。

❋无巧不成书

　　释义:没有巧合的情节就构不成文艺作品。比喻事有巧合。

❋无事不登三宝殿

释义:三宝殿,泛指佛殿。原指没有所求,是不会去佛殿拜佛,现比喻无事不上门。

❀无所不用其极

释义:极,穷尽。原意是无处不用尽心力。现指做坏事时任何极端的手段都使出来。

❀无源之水,无本之木

释义:源,水源;本,树根。没有源头的水,没有根的树。比喻没有基础的事物。

❀无志之人常立志

释义:比喻只有没有志气的人才会经常树立和改变自己的志向。

❀五十步笑百步

释义:作战时后退了五十步的人讥笑后退了百步的人。比喻自己跟别人有同样的缺点错误,只是程度上轻一些,却毫无自知之明地去讥笑别人。

❀勿以善小而不为,勿以恶小而为之

释义:不要以为好事小而不去做,不要以为坏事小而去做。

❀物以稀为贵

释义:事物因稀少而觉得珍贵。

X

✽嬉笑怒骂,皆成文章

释义:指不拘题材形式,任意发挥,皆成妙文。

✽习善则善,习恶则恶

释义:经常学好就会变好,经常学坏就会变坏。

✽戏法人人会变,各有巧妙不同

释义:指各人自有各人的方法、技巧。

✽狭路相逢勇者胜

释义:指敌我相遇,谁勇于拼搏,谁就能夺取胜利。

✽下笔千言,离题万里

释义:写了一大篇文章,但没有接触到主题。

✽夏虫不可以语冰

释义:不能和生长在夏天的虫谈论冰。比喻时间局限人
的见识。也比喻人的见识短浅。

✽闲时不烧香,急时抱佛脚

释义:比喻平时不做准备,事到临头才急忙设法应付。

✽相视而笑,莫逆于心

释义:莫逆,彼此情投意合,非常相好。形容彼此间友谊

源远流长的中华谚语

深厚,无所违逆于心。

❋项庄舞剑,意在沛公

释义:项庄席间舞剑,企图刺杀刘邦。比喻说话和行动的
真实意图别有所指。

❋像煞有介事

释义:指装模作样,活像真有那么一回事似的。

❋小不忍则乱大谋

释义:小事不忍耐就会坏了大事。

❋小洞不补,大洞吃苦

释义:指小的问题不及时解决,任其发展下去,就会酿成
大的问题,以致难以收拾。

❋小河沟里练不出好艄公,驴背上练不出好骑手

释义:艄公,船夫。比喻只有在艰难困苦的环境中才能锻
炼出真正有用的人。

❋小时偷针,大时偷金

释义:小时候小偷小摸,长大后就会成大盗贼。

❋小曲好唱口难开,樱桃好吃树难栽

释义:比喻事情虽好却难以做成。

❋笑一笑,十年少;愁一愁,白了头

释义:笑一笑,就会活到老;愁一愁,一下子就白了头。形

容做人要乐观。

❀挟天子以令诸侯

　　释义:挟制着皇帝,用皇帝的名义发号施令。现比喻用领

　　　　导的名义按自己的意思去指挥别人。

❀心病还须心药医

　　释义:心里的忧虑或恋念成了精神负担,必须消除造成这

　　　　种精神负担的因素。

❀心急吃不了热豆腐

　　释义:形容心急办不成事情。

❀心有灵犀一点通

　　释义:比喻恋爱着的男女双方心心相印。现多比喻双方

　　　　对彼此的心思都能心领神会。

❀心有余而力不足

　　释义:心里非常想做,但是力量不够。

❀新官上任三把火

　　释义:泛指新上任的官员总要办些事,以树立自己的威

　　　　望。比喻开始做某事时热情总是很高。

❀星星之火,可以燎原

　　释义:星,形容微小;燎原,火烧原野。一点火星可以燃遍整

　　　　个原野。比喻微小的力量可以发展巨大的力量。

❋行不更名,坐不改姓

　　释义:在任何情况下都不隐瞒自己的真实姓名,以表示自
　　　　己光明正大,敢作敢当。

❋行要好伴,住要好邻

　　释义:出行要选一个好的伙伴,居住要选好的邻居。

❋兄弟阋墙,外御其侮

　　释义:阋,争吵;墙,门屏。兄弟们虽然在家里争吵,但能
　　　　一致抵御外人的欺侮。比喻内部虽有分歧,但能团
　　　　结起来对付外来的侵略。

❋秀才不出门,全知天下事

　　释义:旧时认为有知识的人即使待在家里,也能知道外面
　　　　发生的事情。

❋秀才遇见兵,有理说不清

　　释义:比喻遇到蛮不讲理的人,跟他无法讲道理。

❋学而不厌,诲人不倦

　　释义:厌,满足。学习从不满足,教导人从不知疲倦。

❋学而优则仕

　　释义:优,有余力,学习了还有余力,就去做官。后指学习
　　　　成绩优秀然后提拔当官。

❋学会三天,学好三年

释义:说明任何技艺学会并不难,然而要精通就不容易了。

❀学然后知不足,教然后之困

　　释义:学习之后,才知道自己的缺点;教学以后,才知道自己的知识贫乏。

❀学如不及,犹恐失之

　　释义:学习好像追赶什么,总怕赶不上,赶上了又怕被甩掉。形容学习勤奋,进取心强。又形容做其他事情的迫切心情。

❀学书不成,学剑不成

　　释义:学习书法没学好,学习剑术也没学到手。指学习一无所成。

❀薰莸不同器

　　释义:薰,香草,比喻善类;莸,臭草,比喻恶物。香草和臭草不可以放在一个器物里。比喻好和坏不能共处。

❀迅雷不及掩耳之势

　　释义:雷声来得非常快,连捂耳朵都来不及。比喻来势凶猛,使人来不及防备。

❀先下手为强,后下手遭殃

　　释义:双方交手时,先动手就能取得主动,迟动手就会被动吃亏。

Y

❋哑巴吃黄连,有苦说不出

　　释义:比喻有苦难言。

❋严以律己,宽以待人

　　释义:对自己要求严格,待别人则很宽厚。

❋言必信,行必果

　　释义:信,守信用;果,果断,坚决。说了就一定守信用,做事一定办到。

❋言寡尤,行寡悔

　　释义:指说话做事很少犯错误。

❋言者无罪,闻者足戒

　　释义:指提意见的人只要是善意的,即使提得不正确,也是无罪的。听取意见的人即使没有对方所提的缺点错误,也值得引以为戒。

❋言者谆谆,听者藐藐

　　释义:谆谆,教诲不倦的样子;藐藐,疏远的样子。说的人很诚恳,听的人却不放在心上。形容徒费口舌。

❋言之无文,行而不远

释义:文章没有文采,就不能流传很远。

❋眼不见,心不烦

　　释义:比喻只要没有看见或不在眼前,也就不会为这操心或烦恼。

❋眼观六路,耳听八方

　　释义:形容人机智灵活,遇事能多方观察分析。

❋眼睛里揉不下沙子

　　释义:比喻清正廉明的人不能容忍邪恶的人或事。

❋艳如桃李,冷若冰霜

　　释义:形容女子容貌艳丽而态度严肃。

❋燕雀安知鸿鹄之志

　　释义:比喻平凡的人哪里知道英雄人物的志向。

❋燕雀高飞晴天报,燕雀低飞雨天告

　　释义:燕子飞得高,预示晴天;燕子飞得低,预示会下雨。

❋雁过留声,人过留名

　　释义:比喻人离开一个地方或者离开人世,要留下一个好名声。

❋阳光总在风雨后

　　释义:比喻困难总会过去,希望总会在困难之后出现。

❋羊毛出在羊身上

释义:比喻表面上给了人家好处,但实际上这好处已附加在人家付出的代价里。

✿**养兵千日,用兵一时**

释义:平时供养、训练军队,以便到关键时刻用兵打仗。指平时积蓄力量,在必要时一下用出来。

✿**言必信,行必果**

释义:指说话一定要守信用,行动一定果敢、坚决。

✿**言者无心,听者有意**

释义:指人无意说的话,听话的人却别有用意,记在心里。

✿**眼不见,心不烦**

释义:比喻对不遂心的事视而不见,只当它没有发生过似的,心里也就不烦恼了。

✿**要人钱财,与人消灾**

释义:要了人家的钱财,就得替人家排忧解难。

✿**药医不死病,佛度有缘人**

释义:意谓药只能医治那些可以挽救的病人,佛只能超度那些有缘分的人。

✿**野火烧不尽,春风吹又生**

释义:比喻某种事物或势力虽受挫折,但一遇到合适的条件,又会重新兴起。

❀夜不闭户,路不拾遗

　释义:夜里不关门防贼,丢失在路上的东西没人拾走。形
　　　容太平盛世,社会秩序安定。

❀一棒一条痕

　释义:比喻做事扎实。

❀一波未平,一波又起

　释义:一个浪头尚未平复,另一个浪头又掀起了。比喻事
　　　情进行波折很多,一个问题还没有解决,另一个问
　　　题又发生了。

❀一不压众,百不随

　释义:少数敌不过多数。

❀一不做,二不休

　释义:原意是要么不做,做了就索性做到底。指事情既然
　　　做了开头,就索性做到底。

❀一朝权在手,便把令来行

　释义:一旦掌了权,就发号施令,指手画脚。

❀一尺水十丈波

　释义:比喻说话夸张,不真实。

❀一传十,十传百

　释义:原指疾病传染,后形容消息传播极快。

✿一寸光阴一寸金,寸金难买寸光阴

　　释义:比喻时间十分宝贵。

✿一分耕耘,一分收获

　　释义:比喻下多大功夫,就有多大成果。

✿一夫当关,万夫莫开

　　释义:意思是山势又高又险,一个人把着关口,一万个人
　　　　　也打不进来。形容地势十分险要。

✿一个和尚挑水喝,两个和尚抬水喝,三个和尚没水喝

　　释义:比喻人多了,相互推诿,反而做不好事情。

✿一个篱笆三个桩,一个好汉三个帮

　　释义:比喻每一个人都需要得到别人的帮助。

✿一个萝卜一个坑

　　释义:比喻一个人有一个位置,没有多余。也形容做事踏实。

✿一客不烦二主

　　释义:一个人全部承担,或由一个人始终成全其事。

✿一年被蛇咬,十年怕井绳

　　释义:比喻在某件事情上吃过苦头,以后一碰到类似的事
　　　　　情就害怕。

✿一年之计在于春

　　释义:要在一年(或一天)开始时多做并做好工作,为全年

(或全天)的工作打好基础。

❀一犬吠形,百犬吠声

　释义:吠,狗叫;形,影子。一只狗看到影子叫起来,很多
　　　狗也跟着乱叫。比喻不了解事情真相,随声附和。

❀一人传虚,万人传实

　释义:虚,不确实,指无中生有的事。本来没有的事,传的
　　　人多了,就信以为真。

❀一人得道,鸡犬升天

　释义:一个人得道成仙,全家连鸡、狗也都随之升天。比
　　　喻一个人做了官,和他有关系的人也都跟着得势。

❀一人善射,百夫决拾

　释义:古谚语,意思是为将者善战,其士卒亦必勇敢无前。
　　　比喻凡事为首者倡导于前,则其众必起而效之。

❀一人之下,万人之上

　释义:多指地位崇高权势显赫的大臣。

❀一日不见,如隔三秋

　释义:一天不见,就好像过了三年。形容思念的心情非常
　　　迫切。

❀一失足成千古恨

　释义:比喻一旦犯下严重错误或堕落,就成为终身的憾事。

✽一是一，二是二

释义：形容说话老老实实，毫不含糊。

✽一手独拍，虽疾无声

释义：疾，急速，猛烈。比喻一个人或单方面的力量难以办事。

✽一蟹不如一蟹

释义：比喻一个不如一个，越来越差。

✽一言既出，驷马难追

释义：一句话说出了口，就是套上四匹马拉的车也难追上。指话说出口，就不能再收回，一定要算数。

✽一叶障目，不见泰山

释义：蔽，遮。一片树叶挡住了眼睛，连面前高大的泰山都看不见。比喻为局部现象所迷惑，看不到全局或整体。

✽一则以喜，一则以惧

释义：一方面高兴，一方面又害怕。

✽一着不慎，满盘皆输

释义：原指下棋时关键的一步棋走得不当，整盘棋就输了。比喻某一个对全局具有决定意义的问题处理不当，结果导致整个失败。

✿一粥一饭当思来之不易

　　释义:意思是粮食来之不易,应该珍惜。

✿衣来伸手,饭来张口

　　释义:形容懒惰成性,坐享别人劳动成果的人。

✿依样画葫芦

　　释义:照别人画的葫芦的样子画葫芦。比喻单纯模仿,没

　　　　有创新。

✿疑人勿用,用人勿疑

　　释义:怀疑的人就不要使用他,使用的人就不要怀疑他。

　　　　指用人应充分信任。

✿疑心生暗鬼

　　释义:指因为多疑而产生各种幻觉和错误判断。

✿以其昏昏,使人昭昭

　　释义:昏昏,模糊,糊涂;昭昭,明白。指自己还糊里糊涂,

　　　　却要去教别人明白事理。

✿以其人之道,还治其人之身

　　释义:以,拿;治,惩处。用别人的办法来惩治别人。

✿以小人之心,度君子之腹

　　释义:用卑劣的心意去猜测品行高尚的人。

✿以眼还眼,以牙还牙

释义:用瞪眼回击瞪眼,用牙齿咬人对付牙齿咬人。指对方使用什么手段,就用什么手段进行回击。

❀以子之矛,攻子之盾

释义:子,对别人的称呼;矛,进攻敌人的刺击武器;盾,保护自己挡住敌人刀箭的牌。比喻拿对方的观点、方法或言论来反驳对方。

❀姻缘姻缘,事非偶然

释义:指婚姻都是天缘注定的,并非偶然。

❀饮水须思源

释义:比喻受恩不忘。

❀英雄所见略同

释义:所见,所见到的,指见解;略,大略,大致。英雄人物的见解基本相同。这是对意见相同的双方表示赞美的话。

❀英雄无用武之地

释义:比喻有才能却没地方或机会施展。

❀嘤其鸣矣,求其友声

释义:嘤,鸟鸣声。鸟儿在嘤嘤地鸣叫,寻求同伴的应声。比喻寻求志同道合的朋友。

❀樱桃好吃树难栽

释义:比喻一切美好的东西都是来之不易的,是经过艰苦
和努力得来的。

✿有恩不服非君子,有仇不报是小人

释义:对有恩于自己的人要报恩,对有冤仇于自己的人要
报仇。指恩仇均要还报。

✿有福同享,有难同当

释义:幸福共同享受,苦难共同承当。

✿有过之而无不及

释义:过,超过;及,赶上。相比之下,只有超过而不会不如。

✿有话则长,无话则短

释义:说书艺人常用语,指说书时该详尽时就详尽,该省
略时就省略。后泛指说话的长短要根据内容而定。

✿有借有还,再借不难

释义:借了物品能如期归还,那么以后再借时也容易借到
了。这是劝诫人们借了东西要及时归还。

✿有理走遍天下,无理寸步难行

释义:只要有理,走到什么地方都能行得通,无理无论走
到哪里都站不住脚。

✿有钱常记无钱日,莫待无钱思有时

释义:一个人在有钱的时候要记住无钱时的情形,不要忘

了节俭过日子。

✽有眼不识泰山

　　释义:虽有眼睛,却不认识泰山。比喻见闻太窄,认不出
　　　　地位高或本领大的人。

✽有一利必有一弊

　　释义:在这一方面有好处,在另一方面就会有坏处。

✽有意栽花花不开,无心插柳柳成荫

　　释义:有心去做的事没有做成,但无意去做的却成功了。

✽有缘千里来相会,无缘对面不相逢

　　释义:有缘分的人相隔再远也会见面,没有缘分的人相距
　　　　再近也不会相遇、相识。

✽有则改之,无则加勉

　　释义:则,就;加,加以。对别人给自己指出的缺点错误,
　　　　如果有,就改正,如果没有,就用来勉励自己。

✽有志不在年高

　　释义:指年轻人只要有志向,成就不可限量,不在年纪大。
　　　　也指只要有志向,岁数大了,也可以干出一番事业。

✽有志者事竟成

　　释义:只要有决心、有毅力,事情终究会成功。

✽又要马儿跑,又要马儿不吃草

释义：比喻又想得到好处，又不想付出代价。

❋右手画圆，左手画方

释义：比喻用心不专，什么事也办不成。也形容心思聪明，动作敏捷。

❋愚者千虑，必有一得

释义：平凡的人在许多次考虑中，也会有一次是正确的。

❋与君一席话，胜读十年书

释义：指和人交谈了一次，比读十年书的收获还大。

❋与人方便，自己方便

释义：给他人便利，他人也会给自己便利。

❋玉不琢不成器，人不磨不成道

释义：琢，雕。玉石不经雕琢，成不了器物。比喻人不受教育、不学习就不能有成就。

❋欲加之罪，何患无辞

释义：欲，要；患，忧愁，担心；辞，言辞，指借口。要想加罪于人，不愁找不到罪名。指随心所欲地诬陷人。

❋欲人勿知，莫若勿为

释义：想要别人不知道，不如自己不去做（多指坏事）。

❋欲速则不达

释义：速，快；达，达到。指过于性急图快，反而不能达到目的。

✿鹬蚌相争,渔翁得利

释义:鹬,长嘴水鸟;蚌,有贝壳的软体动物。比喻双方争
　　　执不下,两败俱伤,让第三者占了便宜。

✿远亲不如近邻

释义:指遇有急难,远道的亲戚就不如近旁的邻居那样能
　　　及时帮助。

✿远水救不得近火

释义:比喻缓慢的救助不能解决眼前的急难。

✿月晕而风,础润而雨

释义:月晕出现,将要刮风;础石湿润,就要下雨。比喻从
　　　某些征兆可以推知将会发生的事情。

✿云在天上,路在脚下

释义:指事在人为,路是靠自己走出来的。

✿运筹帷幄之中,决胜千里之外

释义:比喻人虽在家,而谋虑深远。

✿运用之妙,存乎一心

释义:意思是摆好阵势以后出战,这是打仗的常规,但运
　　　用的巧妙灵活,全在于善于思考。指高超的指挥作
　　　战的艺术。

Z

✿宰相肚里好撑船

　　释义:指宰相的肚量大,心胸宽广。比喻人宽宏大量。

✿再实之根必伤

　　释义:一年之内再度结果的树,根必受伤。比喻过度幸
　　　　运,反而招致灾祸。

✿在家靠父母,出外靠朋友

　　释义:在家里靠父母关心照顾,出门在外,就要靠朋友们
　　　　真诚相助了。

✿在家千日好,出门时时难

　　释义:在家时间再长也觉得方便,外出时间再短也会感到
　　　　困难。

✿在人矮檐下,怎敢不低头

　　释义:比喻受制于人,只得顺从。

✿早上栽下树,到晚要乘凉

　　释义:比喻希望早点得到收获,急于求成。

✿早霞不出门,晚霞行千里

　　释义:出现早霞会下雨,出现晚霞则预示天晴。

✿早知今日,悔不当初

　　释义:既然现在后悔,当初为什么要那样做。

✿站得高,看得远

　　释义:比喻目光远大,有见地。

✿战无不胜,攻无不克

　　释义:形容军队力量强大,百战百胜。或比喻做任何事情
　　　　　都能成功。

✿长他人志气,灭自己威风

　　释义:指一味助长别人的声势,而看不起自己的力量。

✿长兄如父,老嫂比母

　　释义:意谓父母去世后,大哥大嫂即如同父母,抚养、教育
　　　　　弟妹,弟妹尊敬哥嫂。

✿朝闻道,夕死可矣

　　释义:形容以听到某种有教益的或能使人振奋的道理为
　　　　　满足。

✿照葫芦画瓢

　　释义:比喻照着样子模仿。

✿这山望着那山高

　　释义:比喻对自己目前的工作或环境不满意,老认为别的
　　　　　工作、别的环境更好。

✿真金不怕火炼

　　释义：比喻品质好、意志坚强的人经得起任何考验。

✿真人不露相，露相不真人

　　释义：真人，道教所说修行得道的人。指有道行或有本事
　　　　　的人，不轻易显露。

✿真人面前不说假话

　　释义：在明白人面前不能说虚假的话。

✿睁一只眼，闭一只眼

　　释义：比喻只当没看见。

✿知其不可而为之

　　释义：明知做不到却偏要去做，表示意志坚决，有时也表
　　　　　示倔强固执。

✿知其一不知其二

　　释义：只了解事物的一方面，而不了解其他方面。形容对
　　　　　事物的了解不全面。

✿知人知面不知心

　　释义：指认识一个人容易，但要了解一个人的内心却很困难。

✿知无不言，言无不尽

　　释义：知道的就说，要说就毫无保留。

✿知子莫若父

释义:没有比父亲更了解儿子的了。

✽只此一家,别无分店

释义:原是一些店铺招揽生意的用语,向顾客表明他没分
店,只能在他这一家店里买到某种商品。泛指某种
事物只有他那儿有,别处都没有。

✽只见树木,不见森林

释义:比喻只看到局部,看不到整体或全部。

✽只可意会,不可言传

释义:只能用心去揣摩体会,没法用话具体地表达出来。
指道理奥妙,难以说明。有时也指情况微妙,不便
说明。

✽只听楼梯响,不见人下来

释义:比喻只是口头说说,没有实际行动。

✽只许州官放火,不许百姓点灯

释义:指反动统治者自己可以胡作非为,老百姓却连正当
活动也要受到限制。

✽只要功夫深,铁杵磨成针

释义:比喻只要有决心,肯下功夫,多么难的事也能做成功。

✽掷地作金石声

释义:比喻文章辞藻优美,声调铿锵。

❀智者见智,仁者见仁

释义:指对待同一问题,其见解因人而异,各有道理。

❀智者乐水,仁者乐山

释义:指聪明的人喜欢水,仁爱的人喜欢山。

❀智者千虑,必有一失

释义:不管多聪明的人,在很多次的考虑中,也一定会出现个别错误。

❀置之死地而后生

释义:原指作战把军队布置在无法退却、只有战死的境地,兵士就会奋勇前进,杀敌取胜。后比喻事先断绝退路,就能下决心,取得成功。

❀种瓜得瓜,种豆得豆

释义:种什么,收什么。比喻做了什么事,得到什么样的结果。

❀众人拾柴火焰高

释义:比喻人多力量大,团结就是力量。

❀重足而立,侧目而视

释义:重足,双脚并拢;侧目,斜着眼睛。形容畏惧而愤恨的样子。

❀重赏之下,必有勇夫

释义:指用重金悬赏,就会有勇于出来干事的人。

❀朱门酒肉臭,路有冻死骨

　　释义:富贵人家酒肉多得吃不完而腐臭,穷人们却在街头
　　　　因冻饿而死。形容贫富悬殊的社会现象。

❀自古红颜多薄命

　　释义:自古以来,美女都遭遇不幸的命运。

❀嘴上无毛,办事不牢

　　释义:形容年轻人缺乏经验,办事往往不牢靠。

❀醉翁之意不在酒

　　释义:原是作者自说在亭子里真意不在喝酒,而在于欣赏山
　　　　里的风景。后用来表示本意不在此而在别的方面。

❀左眼看别人的缺点时,右眼就要审视自己

　　释义:要严于律己,多从自己身上找缺点。

❀坐失良机,后悔已迟

　　释义:错过了机会,后悔已经迟了。

❀做到老,学到老,还有三分没学好

　　释义:形容学问没有止境,学习一辈子也学不完。

❀做一天和尚撞一天钟

　　释义:过一天算一天,凑合着混日子。